굿 파이트

잘 들으세요.

우리 세상은, 하나의, 쇼입니다.

굿 파이트

서화교 장편소설

사이사이의힘

차례

제1부
어디서나 삶은 계속된다

비밀이 생기면 그 비밀을 지키기 위해 거짓말을 하고
거짓말은 또 다른 거짓말을 낳는
악순환이 일어나고.

아우 씨.

입 밖으로 나오려는 욕을 간신히 참았다. 하늘로 쭉 뻗은 잡목의 무성한 잎이 나를 가려줄 것이 확실했다. 나는 왔던 길로 되돌아가면 된다, 그러면 된다는 생각만 붙잡았다. 소리가 날세라 천천히, 조심스럽게 등을 돌리고 발걸음을 옮겼다.

"어이, 꼬맹이! 그냥 가냐?"

뒤에서 날아온 목소리는 정확하게 나를 겨냥하고 있었다. 목을 매고 죽으려던 여자의 목소리 치고는 씩씩하고 경쾌했다. 나는 못 들은 척 발걸음을 빠르게 옮겼다. 손에 들고 있던 보라색 꽃다발이 무거운 짐처럼 느껴질 때, 오른쪽 발목을 삐끗했다. 통증이 있었지만 발목을 살펴볼 상황이 아니었다.

"와아! 앞날 짱짱한 미모의 누나가 죽으려고 하는데, 말리는 시늉도 안 해? 꼬맹이, 너, 너무 한다! 아무리 세상이 막 나간다고 해도 이건 아니지!"

쩌렁쩌렁한 여자 목소리가 조용한 숲을 뒤흔들고 내 마음을 흔들었다. 머리로는 죽도록 내달리고 싶은데 발이 생각처럼 움직이지 않았다.

　"내가 말이야, 죽을 때 죽더라도 네 버르장머리는 고쳐 놓고 죽을 거야, 이 사랑 없는 새끼야!"

　탁.

　눈앞에서 하얀 운동화 한 짝이 포물선을 그리며 사라졌고 거친 발소리가 들렸다. 심호흡을 크게 하고 고개를 돌린 나는 예상치 못한 어지럼증 때문에 눈을 감았다. 잠시 뒤 눈을 떴을 때 붉은빛 하나가 바로 앞에 있었다.

01

    어렸을 때 나는 일 년이 왜 12개월인지, 12개월이 아니라 11개월이면 좋겠다는 상상을 했다. 12개월에서 10월 한 달만 빼면 됐다.

    엄마는 10월이 되면 첫날부터 마지막 날까지 하루도 빠지지 않고 술을 마셨다. '이것은 평화', '이것은 영혼'이라며 술을 홀짝이던 엄마는 곧 고주망태가 되어 울다가 웃기를 반복했다. 한없는 기다림의 시간이었다.

    엄마는 술에 절어서도 내가 엄마의 아들인 것만은 잊지 않았지만 밥을 챙길 여력은 없었다. 엄마가 준 돈으로 빵이나 과자를 사 먹는 일이 많았는데, 재수없게 아이들한테 돈을 빼앗겼을 때는 옆집 문을 두드려야만 했다. 주방 한편에서 허겁지겁 밥을 먹을 때 지켜보는 옆집 아줌마와 아이의 시선은 아무렇지 않았다. 옆집 문을 두드리기까지 충분히 굶었으니까.

    키가 부쩍 컸던 열 살에는 엄마가 들고 있던 술병을 빼앗았다.

    "내놔. 네가 뭔데 내 술을 뺏고 지랄이야, 내놔!"

    눈동자가 풀린 엄마는 고래고래 고함을 지르며 세상의 모든 욕을 내뱉었다. 엄마는 술병을 뺏으려고 내게 달려들었고 나는 뺏기지 않으려고 안간힘을 쓰며 버텼다.

챙!

엄마를 이길 수 없다는 생각이 들자 술병을 벽에다 던졌다. 깨진 술병을 본 엄마는 내 뺨을 때렸고 술을 가져오라며 발로 찼다. 나는 입을 앙다물고 어떤 소리도 내지 않았다. 엄마가 큰 소리로 울었다. 꺽꺽하는 쇳소리가 날 때까지 울고 나자 엄마는 부푼 내 뺨을 한동안 쓰다듬었다.

"살려고, 마시는 거야. 너랑 함께 살려고."

나는 서랍장에 숨겨 두었던 술을 꺼내왔다. 엄마가 술을 안 마시면 죽을 수도 있다는 생각이 처음 들었다. 만약 엄마가 독약을 달라고 했어도 그 순간은 엄마의 떨리는 손에 독약을 쥐여 줬을 것이다.

이제는 술을 안 마시는 날보다 마시는 날이 훨씬 많다. 다행히 정신을 놓을 정도로 마시지는 않고 내 밥도 챙기고 큐의 셔틀버스를 타고 일하러도 간다.

큐는 500m 높이의 99층짜리 복합 건물인데 호텔, 카지노, 쇼핑센터, 게임센터, 영화관, 수족관, 도서관, 놀이공원 등이 있다. 엄마는 93층에 있는 호텔에서 청소 일을 한다. 엄마와 함께 일하는 21호 아줌마 말로는 엄마만큼 깨끗하게 청소를 잘하는 사람이 없다고 했다. 엄마가 일하는 모습을 보면 청소가 세상에서 가장 성스러운 일로 보인다나.

"야근이야. 새벽에 올 거니까 문단속 잘하고."

어제보다 더 얇아진 엄마의 몸을 보노라면 작아지고 또 작아져서 한순간에 사라지는 것은 아닐까 하는 두려움과 내가 빨리 커야 한다는 조바심이 생긴다. 식탁 위에는 메이플 시럽을 얹은 핫케이크 세 장과 우유 한 잔이 있다.

"잘 먹겠습니다!"

엄마는 작은 플라스틱병에 술을 담아 가방에 넣었다. 퇴근할 때처럼 출근할 때도 몸수색을 꼼꼼히 한다면 어림도 없는 일이다. 호텔 객실을 치우는 사이사이 CCTV의 눈을 피해 술을 홀짝이며 마실 엄마 모습을 떠올리면 안쓰럽고 아슬아슬하다. 왜 엄마는 청소부인가 하는 쓸데없는 연민을 하기보다 엄마가 CCTV에 적발되어 쫓겨나지 않기를 바라는 것이 현실적이다.

"이거."

접시와 컵을 개수대에 놓고 돌아서는데 엄마가 봉투를 내밀었다. 학교발전기금이다. 내가 다니는 학교는 시의 지원을 받는 보조형 사립중학교인데, 매월 수업료 외에도 발전기금, 지원기금, 활동기금, 장학기금을 내야 했다.

"용돈도 넣었으니까 점심 거르지 말고 꼭 챙겨 먹어. 키가 좀 커야 할 텐데……."

엄마 말에 안쓰러운 감정이 묻어났다. 나는 또래보다 키가 작다. 160cm가 채 안 된다. 계속 키가 이 모양이라면 엄마 탓을 하고 바커스를 욕하고 세상의 모든 술 판매상에게 저주를 할지 모른다.

"클 거야. 성장기니까."

"우리 아들 마음이 태평양이네."

엄마가 양팔을 활짝 벌렸다. '이런 인사는 사양'이라고 말하는 대신 엄마를 살짝 안았다. 알코올 냄새와 함께 연한 풀꽃 냄새가 났다.

"호텔에서 내려다보면 어때? 정말 사람이 개미 같아?"

"아득해서 멀미가 나고 뱅글뱅글 돌아. 빌딩이 견디지 못하고 드러누우면 어쩌나 하는 걱정도 되고. 그런데 술을 마시면 아무렇지도 않아, 아주 말짱해."

엄마 말을 믿는다. 큐에서 일하는 사람 중, 내가 아는 사람 대부분이 두통약이나 멀미약을 챙겨 먹는다. 엄마처럼 술을 몰래 마시는 사람도 있지 않을까? 물론 엄마의 술 사랑은 큐가 생기기 전부터였지만 말이다.

내가 사는 도시에는 다섯 개의 인공 섬이 있는데 이들 섬 모두에 큐가 있다. 도시 어느 곳에서 보든지 하늘로 쭉 뻗어 별처럼 반짝거리는 다섯 개의 큐를 볼 수 있다. 하지만 큐에서 놀거나 쇼핑을 하거나 쉬는 사람은 이곳 사람들이 아니라 대부분 룩스 시민이거나 외국에서 온 관광객이다.

룩스는 인구 700만의 대도시로 도시 전체가 하늘 높은 줄 모르고 위로 뻗어 있다. 500m는 보통이고 800m가 넘는 건물도 많다. 물론 직접 본 것이 아니라 텔레비전을 통해서 봤다.

룩스에도 도시 계획에 따라 인공적으로 만든 강과 숲, 산이 있지만 자연 그대로를 원하는 룩스 시민은 룩스와 가까운 도시에 땅을 사들여 별장을 지었다.

푸른 바다를 뜻하는 '청양'에 살던 사람들은 대부분 바다에서 고기를 잡아 생활했다. 하지만 5년 전 당선된 새 시장은 청양을 '환영한다'는 뜻의 웰컴으로 이름을 바꾸고 바닷가에 인공 섬을 만들어 큐를 세웠다.

시장의 생각대로 룩스 사람들은 서핑이나 요트를 즐기기 위해 이곳을 더 많이 찾았고 어업에 종사하던 청양 사람들은 바다를 등지고 큐에서 일자리를 찾았다. 도시의 재정 수입은 이전과 비교가 안 될 정도로 늘어났고 도시 안정 지수도 올라갔다.

밤이면 갖은 모양으로 조명이 30분에 한 번씩 바뀌는 큐를 바라볼 때면 언젠가는 이곳을 떠나 룩스 시민이 되어, 큐의 스카이라운지에서 이 도시를 내려다보겠다는 오기가 생겼다.

02

"우리나라 국민 80% 이상이 스스로 행복하다고 생각한답니다. 그렇다면 20%는 불행한 걸까요? 아니죠! 생각이 없다는 뜻이에요. 머리가 텅텅 빈 거죠? 이런 사람들은 아프리카 내전 한가운데 있어 봐야, 그제서야, 아! 우리나라가 좋구나, 내 삶이 행복하구나 하겠죠, 하하하!"

'미스터 빅마우스'의 진행자 빅이 쉴 새 없이 떠들어댔다. '미스터 빅마우스'는 정치인이나 연예인을 초대해 함께 얘기하는 토크쇼로 최고 시청률을 자랑한다. 재미있어서가 아니다. 파블로프가 개에게 종을 치듯 시민관리국이 '일요일은 미스터 빅마우스만 보면 된다'고 끊임없이 세뇌를 시키기 때문이다.

'미스터 빅마우스'는 학교에도 있다. 학교는 학생들을 교실에 가둬놓고 쉴 새 없이 뭔가를 집어넣는다. 거위 입에 커다란 깔때기를 집어넣고 불린 옥수수를 쏟아붓는 것처럼. 사는 데 꼭 필요한 지식과 정보라고 떠들어대지만 대부분 왜 필요한지 알 수 없는 것들이다. 거위한테서 커진 간을 얻는다면 우리한테서는 무엇을 얻으려는 걸까? 우리나 거위나 '왜?'라는 질문은 할 수 없다.

빅 애인이 10명도 넘는대. 우리 도시에도 있을걸.

삐딱이는 글씨마저 삐딱하다. 삐딱이, 재희의 고개는 늘 15도 왼쪽으로 기울어져 있는데, 성질 더러운 선생들 앞에서만은 귀신같이 제자리를 찾는다.

쓰싹, 쓰싹.

연습장에 그림을 그리는 삐딱이 손은 거침이 없다. 한결같이 벗은 여자들이다. 왜 여자만, 그것도 벗은 여자만 그리냐는 내 질문에 삐딱이는 답답하다는 표정을 지었다.

"화가가 되려면 누드는 기본이야, 기본. 기본에 충실하자면 많이 그려야 하고, 누드는 남자보다 여자지. 신의 창조물 중에서 그나마 봐줄 만한 게 여자 몸이야. 남자야 뭐 볼 거 있냐? 크크큭."

꿀꺽.

저절로 마른침을 삼킬 정도로 훌륭한 솜씨다. 글씨보다 천 배는 훌륭했다.

타악.

삐딱이 머리가 책상에 내리꽂혔다.

"이 새끼야! 아까운 시간을 이딴 그림이나 그리며 보내? 세금으로 너 같은 놈 학비를 반이나 대다니! 어처구니가 없어서!"

개새끼.

아까운 시간에 코나 파면서 시시껄렁한 삼류 잡지나 보는 너는 뭐냐고 되묻고 싶었지만 참았다. 담임이 일삼는 폭력적인 말과 행동에 약자인 우리는 늘 상처를 입는다. 상처가 아물 틈이 없다.

무지막지한 매를 맞던 삐딱이가 중심을 잃고 바닥으로 쓰러졌다. 담임의 발길질은 멈추지 않았고, 삐딱이는 팔로 머리를 감싸고 온몸을 웅크렸다.

"아, 으윽!"

아이들 대부분이 속으로 비명을 질렀다. 교실은 보통 때보다 더 미쳐 날뛰는 담임의 욕설과 삐딱이가 맞는 소리로 가득 찼다.

"그만하시죠."

교지(교육 지도) 이안이다. 학교에서 유일하게 '님' 자를 붙일 만한, 성적에 미친 아이는 물론 성적과 담쌓은 아이까지 모두 좋아하는 선생이다.

담임의 얼굴은 시뻘겋게 달아올랐고 눈은 충혈돼 있었다.

"왜에……, 제 수업을, 방해합니까?"

거친 숨을 몰아쉬며 담임이 대꾸했다. 한눈에 보기에도 빡친 표정이다.

"수업이요? 이런 건 폭력이라고 하지요. 학칙상 폭력은 안 될 텐, 데, 요."

이안은 담임의 접힌 와이셔츠 깃을 펼치며 미소를 지었다. 주인공이 최후의 일격을 악당에게 날릴 때처럼 통쾌했다.

"신, 재희 데리고 양호실에 가."

나는 이안의 말을 기계적으로 따랐다. 삐딱이 얼굴은 그새 울긋불긋 총천연색으로 화려하게 변해 있었다.

 양호실에 들어가자 양호가 손짓으로 의자를 가리켰다. 솜에 알코올을 묻혀 피를 닦고 꼼꼼하게 약을 바른 뒤 거즈를 붙였다. 양호는 고갯짓으로 구석에 있는 침대를 가리켰다. 삐딱이가 의자에서 일어나기 전에 양호는 비품실로 들어갔다.

 "양호 목소리가 어땠는지 기억이 안 나."

 삐딱이가 귀에다 입술을 디밀고 속삭이는 바람에 온몸이 후끈거렸다. 나도 양호 목소리가 굵었는지, 가늘었는지 기억나지 않았다.

 "아, 씹, 엄마한테 뭐라고 하지? 그 마귀 새끼, 틀림없이 욕구불만이야. 아오. 진짜, 저게 선생이냐? 깡패지, 깡패. 어, 내 넥타이? 어디 있지? 그거 없으면 안 되는데……."

 그렇게 맞고도 꿋꿋하게 버티고 명랑하던 삐딱이가 울상이 됐다. 넥타이를 하지 않으면 벌점을 받는 데다, 교표만 아니면 누구나 쉽게 만들 수 있을 단순한 디자인의 넥타이가 만만치 않게 비싸기 때문이다. 다시 사려면 일주일은 점심을 걸러야 했다. 나는 호주머니에 챙겨 둔 넥타이를 삐딱이 눈앞에서 흔들었다. 이런 거로 장난을 치기에는 나도 삐딱이도 사정이 좋지 않다. 삐딱이는 내 손에서 냉큼 넥타이를 가져가더니 셔츠 깃을 세우고 꼼꼼하게 다시 맸다.

"십년감수했네. 엄마가 한 번 더 잃어버리면 자퇴시킬 거라고 했단 말이야."

"네가 잘 못 챙기니까 그러신 거지."

자퇴를 하거나 퇴학을 당하면 갈 곳은 공립학교뿐이다. 공립학교에 간다는 건 그저 그렇고 그런 어른이 될 확률마저 사라진다는 뜻이다. 성적이 어떻든 이곳 아이들은 명문 고등학교를 목표로 한다.

룩스는 웰컴뿐만 아니라 다른 도시의 우수한 학생에게도 공부할 기회를 제공한다. 사립학교 출신이 우선이지만. 때문에 룩스의 학교를 목표로 하는 아이들이 많았다.

"수업 때 가만히 있으면 안 돼?"

"내가 나무야? 로봇이야? 아, 씨, 머리에 스크래치 나는 줄 알았네. 한 번만 더 때리면 폭력 교사로 신고해 버릴 거야."

양손을 불끈 쥔 삐딱이를 보노라니 삐딱이라는 별명이 더할 나위 없이 어울려서 웃었다.

선생한테 몇 대 맞았다고 신고하는 학생은 없다. 괜히 시민관리국에 밉보여 불이익을 당할까 전전긍긍하느니 그냥 참는 것이다. 부모들조차도.

"조회 때마다, 흠흠, 캬아악, 우리 학교는 수준 높은 교육을 제공하는 동시에, 여러분의 인격을 수양하는 훌륭한 장입니다아. 캬악, 학생은 나라를 위한 의무와 훈련, 봉사를 해야 하며 선생님을 존경해야 합니다아."

삐딱이가 가래를 긁어모으는 듯한 교장의 성대모사를 하는 바람에 어깨까지 들썩이며 웃었다.

"씨이, 선생은 의무와 봉사 그런 것 없어? 존경하려 해도 개미 똥구멍만큼이라도 존경할 구석이 있어야지. 체육실에서 교장이 체육 선생 때리는 것 봤는데, 완전 게임 캐릭터야. 치고받고."

교장은 선생을 때리고 선생은 학생을 때리고. 사립학교에서는 있을 수 없는 일들이 여기서는 일어났다.

침대에 누운 삐딱이는 손과 다리는 물론 입까지 쉴 새 없이 까불거렸다.

"어, 뭐야?"

삐딱이가 오른발로 대각선 방향 벽에 걸린 달력을 가리켰다. 숫자 '15'에 붉은색 동그라미가 그려져 있다.

"양호 오늘 데이트라도 하나? 물어볼까? 키킥."

"오늘이 15일이야?"

내 말에 삐딱이가 '왜'라는 입모양을 크게 만들었다.

엄마 생일인데 까맣게 잊고 있었다. 오늘이 내일 같고 내일이 오늘 같은 날을 보내다 보니 날짜도 자꾸 잊는다.

똑똑.

양호실 문이 열리고 이안이 들어왔다.

"괜찮나?"

"옛써!"

성큼성큼 다가온 이안이 삐딱이 얼굴을 요리조리 살폈다.

"큰일을 할 녀석들이 다쳐선 안 되지."

"그렇죠. 큰일을 해야죠."

삐딱이가 넉살 좋게 대꾸했다.

삐딱이도 나도 안다. 우리가 아무리 발버둥쳐 봤자, 우리가 할 수 있는 큰일이란, 룩스 시민을 위한 일뿐이라는 것을.

03

삐딱이는 양호에게 허락받고 오후 수업 내내 땡땡이를 쳤다. 한잠 자고 온 삐딱이 얼굴은 빵처럼 부풀었지만 쉴 새 없이 조잘거리는 것을 보니 컨디션은 괜찮아 보였다.

"나 앞으로 뭐할지 정했어. 선생 할 거야. 그래서 담임 그 개새끼가 선생질하는 학교마다 쫓아다니면서 괴롭힐 거야."

"학생들은 어쩌고? 걍, 좋아하는 누드 화가나 해, 인마!"

삐딱이한테 선생은 어울리지 않는다. 하지만 삐딱이가 선생이 된다면 최소한 그 반 아이들은 다른 반에 비해 많이 웃을 것이다. 삐딱이한테는 사람을 즐겁게 하는 재주가 있으니까.

종례에 이안이 들어왔다. 이상했지만 담임 얼굴을 다시 안 봐서 좋았다.

삐딱이가 버스를 타고 떠난 뒤 버스정류장 반대편으로 뛰어갔다. 학교 뒤로 이어진 숲길을 가로지르면 집까지 한 시간이면 충분하다. 친한 친구한테 버스비를 아끼는 궁핍한 모습은 보이기 싫었다.

엄마가 주는 용돈은 넉넉하지는 않아도 다른 아이들과 비교해 보면 보통은 된다. 그런데도 점심에 음료수 없이 햄버거를 먹고 보다 싼 메뉴를 찾거나 버스비를 아끼는 건 혹시라도 엄마가 아프거나 다쳤을 때를 대비하기 위해서다.

작년에 룩스 고등학교에 입학할 거라고 호언하던 반장이 자퇴를 하고 공립학교로 전학했다. 반장네 아버지가 도박으로 집을 남의 손에 넘기면서 집안 형편이 어려워진 까닭이다.

담임이 장학생으로 추천해 몇 개월 수업료를 내지 않고 버텼지만 다른 비용들을 감당하지 못했다. 마지막 수업을 마치고 반장은 교탁 앞에 서서 인사를 했다.

"나는, 나는 열심히 공부해서 훌륭한 사람이 될 거야. 너희도 그러길 바란다."

반장이랑 친한 아이들 몇이 반장이 좋아하는 별자리 책을 선물했다. 포장지를 풀고 책을 본 반장은 눈물을 흘리더니 결국 목놓아 울었다. 너무 서럽게 울어서 지켜보던 우리도 눈물을 찔끔거렸다.

한동안 귓가에 반장의 울음소리가 환청처럼 맴돌았다. 그때부터 돈을 모았다. 엄마가 청소로 버는 돈은 두 식구 생활비로도 빠듯했다. 엄마가 직장을 잃거나 둘 중 하나라도 병이 들면 우리 집 역시 한순간에 무너질 수 있다. 우리는 도움을 줄 만한 친척도 없다.

반장이 전학을 간 일로 나는 내 처지를 객관적으로 보게 되었다. 돈이 없으면 나 역시 공립학교에 갈 수밖에 없다는 위기를 느긴 뒤로 공부도 열심히 하고 악착같이 돈도 모았다.

턱밑까지 숨이 차고 온몸이 땀에 젖었을 때에야 고만고만하게 늘어선 주황색 지붕들이 눈에 들어왔다. 빨리 집에 가서 뜨거운 물에 몸을 씻고 싶었다.

"또 뛰어왔구나."

옆집 17호가 집 앞 나무의자에 앉아서 아는 체를 했다. 고개를 숙여 인사를 했다.

작년에 17호가 이사왔을 때, 머리가 희고 주름이 많은 그를 보고 나는 나이 많은 할아버지인 줄 알았다. 그런데 고작 쉰 살이란다. 나보다 서른네 살이나 많지만 아저씨라고 부르기도, 할아버지라고 부르기도 모호했다. 그래서 17호라고 부른다. 18호에 사는 엄마와 나 역시 이웃들에게는 18호 여자나 18호 학생일 테니까.

17호 옆에는 언제나처럼 쿠키가 붙어 있다. 웰시 코기인 쿠키는 고양이를 보고 도망치거나 달리다가 다리가 꼬여서 엎어지는 황당한 짓도 하지만 꽤 영리하다. 쿠키가 토끼처럼 짧은 꼬리를 살랑거리며 나한테 다가왔다. 나는 쿠키와 눈을 맞춘 뒤 등을 살살 쓰다듬었다.

다른 집들과 달리 17호 담은 낮았다. 널빤지를 이어 세운 울타리는 내 키만 했다. 마음만 먹으면 너끈히 집 안을 들여다 볼 수 있는 높이였다.

"담이 낮으면 불편하지 않느냐고 물었더니 높건 낮건 들여다 볼 사람은 다 들여다 볼 건데 높을 이유가 있냐고 되묻더라고. 집 앞에 의자 내놓고 오가는 사람들 쳐다보며 일일이 간섭하는 것도 그렇고. 다리 저는 것도 꼭 연기 같아."

반장 아줌마 말에 엄마는 '설마요?'라며 웃었지만 나 역시 17호가 스파이나 비밀경찰일 거라고 생각한다.

17호가 이사하는 모습을 처음부터 끝까지 창문을 통해 자세히 본 사람이 바로 나다. 가구 이외의 이삿짐은 모두 포장이 되어 있어서 무엇인지 알 수 없었다.

짐을 싣고 온 트럭부터가 수상했다. 흔한 이삿짐 트럭과 달리, 텔레비전이나 영화에서 보면 특수요원들이 이동할 때 쓰는 트럭처럼 길고 검었다. 검정 양복을 입고 손짓으로 이것저것 지시하는 사람들이 이삿짐을 다 옮겼을 무렵 검정 롤스로이스가 트럭 앞에 멈춰 섰다. 그 롤스로이스에서 내린 사람이 바로 17호다. 검정 양복과 이삿짐을 옮긴 사람들 모두 17호에게 머리를 조아리며 인사를 하고 곧 떠났다.

17호는 뭔가 큰일을 위해, 신분을 숨긴 거물 스파이일 확률이 높았다. 허술해 보이려고 일부러 울타리도 그대로 둔 것일 터였다. 어쩌면 지하실에 수십 대의 컴퓨터와 17호의 말 한마디에 꼼짝 못하는 사람들이 빽빽이 들어차 있을지 모른다.

"들어오너라."

쿠키와 인사를 나눈 뒤 집으로 가려는데 17호가 의자에서 일어났다. 우리 집과 같은 구조지만 마당만은 우리 집보다 두 배는 더 넓었다.

잎이 무성한 나무 아래에 놓인 파라솔로 간 17호는 탁자 위 복숭아가 담긴 바구니를 내 쪽으로 내밀었다. 소리 없이 마당으로 따라 들어온 쿠키는 두 다리를 나란히 뻗은 채 발치에 앉았다. 17호는 가끔 내게 이런 친절을 베풀었다. 그때마다 나는 어쩔 줄 몰라 했다.

17호는 빨갛고 잘 익은 복숭아 하나를 건넸다.

"먹어. 난 많이 먹었어."

한 입 베는 순간 달콤한 육즙이 흘러나왔다. 한순간에 복숭아가 사라졌다. 17호의 친절은 늘 시기적절했다. 뱃속은 복숭아를 더 넣어달라고 아우성을 쳤다.

"더 먹어."

한 입 더 베어 먹었다가는 정신없이 허겁지겁 먹어치울 것이 뻔했다. 어린아이처럼 급하게 먹은 것 같아 창피했다. 멋지진 않더라도 볼썽사나운 모습을 보이기 싫은 얄팍한 자존심이 불쑥 솟아났다. 머릿속에서 힘겨운 전쟁을 치른 끝에 나는 고개를 내젓고 일어섰다.

"녀석도, 참. 챙겨줄 테니까 엄마 갖다 드려."

17호가 오른쪽 다리를 절며 집 안으로 들어갔다.

"쿠키, 네 주인은 좋은 사람이야? 나쁜 사람이야?"

쿠키는 내 말에 아랑곳하지 않고 단물이 밴 손바닥을 핥았다.
17호는 복숭아가 한가득 담긴 천 가방을 들고 나왔다.

"가방은 돌려주고."

"예."

무게가 제법 나갔다.

"저기……."

"고맙다는 말은 됐다."

"그게 아니고요, 생일 선물로 뭐가 좋을까요?"

무슨 말을 할지 다 안다는 듯이 말을 자르는 17호 때문에 비위
가 상해서 엉뚱한 질문을 하고 말았다. 17호 입꼬리가 살짝 올라
갔다. 한 방 먹였다고 생각했는데 내가 한 방 먹은 것 같다.

"엄마 생일?"

"예."

17호는 뜸을 들이는 것처럼 천천히 의자에 앉았다.

"내 애인들은 하나같이 꽃을 좋아하더구나. 여자치고 꽃 싫어
하는 사람은 없지."

17호 말에 '정답입니다' 하는 소리가 절로 떠올랐다.

"꽃 중에서도 돈 안 드는 꽃을 더 좋아하더라. 저 숲에 꽃이 지천으로 피었을걸."

17호는 지팡이로 큰길 맞은편 숲을 가리켰다. 17호가 비밀경찰이라고 해도 그건 그거고 오늘은 고맙다. 복숭아에, 돈도 안 들면서 좋은 선물까지 알려줬으니까.

복숭아만 집에 놓아두고 그대로 집을 나왔다. 17호 말대로 숲에는 꽃이 지천으로 피어 있었다.

보이는 대로 꽃을 꺾다가 문득 엄마가 보라색을 좋아한다는 생각이 났다. 보라색 꽃을 받고 활짝 웃는 엄마 모습이 그려졌다. 마구잡이로 꺾은 꽃을 버리고, 보라색 꽃을 찾아다녔다. 노란색, 빨간색, 흰색, 청색 등 온갖 색 꽃이 있었지만 보라색 꽃은 눈에 띄지 않았다.

숲으로 들어가다가 '출입금지'라고 적힌 팻말을 보았다. 언제부터인가 해변 쪽 숲은 출입금지 구역이 됐다. 룩스 시민들이 해변 쪽 절벽과 맞닿은 숲에 하나둘 집을 짓기 시작하면서부터다. 숲마저 룩스에게 빼앗긴다고 생각하니 짜증이 났다.

출입금지 팻말을 무시하고 발을 내디뎠다. 해변 쪽 숲으로 들어갈수록 나무가 더 빼곡했고 이름 모를 꽃들이 나무 아래에 무성하게 기지개를 켜고 있었다.

"아!"

찾았다. 작은 종모양의 보라색 꽃이 녹색 줄기에 촘촘히 피어 있었다. 엄마에게 선물할 생각에 즐거웠다. 조심스레 한 다발쯤 꺾은 뒤 허리를 펴는데 희끄무레한 뭔가가 눈에 들어왔다. 여자다.

여자는 몸통이 굵은 편백 가지에 걸어놓은 줄을 만지작거리고 있었다. 목을 매기 위한 매듭이 있는 줄이었다.

04

"안녕하세요? 잘 지내죠?"

"예. 잘 지내죠?"

"그럼요."

모두가 잘 지낸다며 인사를 나눴다. 이 자리에서 '못 지내요. 정말 짜증나 죽겠어요!' 라고 말하면 어떻게 될까. 주민회의 때마다 드는 생각이지만 한 번도 입 밖으로 꺼낸 적은 없다.

웰컴 시민은 시민관리국 지시로 매월 마지막 주 일요일 네 시, 자신이 사는 지역센터에서 열리는 주민회의에 참석해야 한다. 10세 이하 어린이와 70세 이상 노인은 예외지만, 다른 도시에 출장이나 파견을 간다든지 병원에 입원한 경우에는 확인서를 제출해야만 한다. 가족 중 한 명이라도 불참하면 벌금을 내거나 교정교육을 받아야 한다. 교정 효과가 없다고 판단되면 시민 점수가 깎이고 더 깎일 시민 점수가 없으면 시민권을 박탈당한다.

유치원에서 처음 시민권이라는 말을 듣고 엄마한테 시민권이 없으면 어떻게 되는지 물은 적이 있다.

"그렇게 되면 권리와 혜택은 없고 책임과 의무만 지게 돼. 음, 그러니까, 시민권이 없으면 우릴 받아 줄 다른 도시를 찾아야 한다는 소리지. 다른 도시는 이곳보다 좁고 신이가 좋아하는 초콜릿을 살 수 없을지도 몰라. 아파도 병원에 가기 힘들고."

제대로 이해할 수 없었지만 무서웠다. 레벨이 다운됐다가 다시 올라가는 일은 게임에서나 존재한다. 아차 하는 순간 웰컴시보다 규모나 시설 면에서 훨씬 떨어지는, 가혹한 도시로 수직낙하할 수 있으나, 더 나은 도시로 수직상승할 확률은 거의 없다는 소리다. 센터장이 자랑하는 100% 출석률은 이곳에서 밀려나지 않으려는 사람들의 눈물겨운 노력인 셈이다.

지난달에는 주민회의에 오다가 교통사고로 팔을 다친 젊은 아저씨가 가족의 부축을 받으며 주민회의에 참석했었다.

"아주 잘 지내요. 별일 없어요."

다친 아저씨의 경쾌한 인사에 사람들은 팔을 감싼 붕대의 핏자국을 외면하며 기계적으로 맞장구를 쳤다. 단 한 사람만 빼고.

"다쳤으면 병원부터 가야지. 주민회의가 뭐라고, 그 몸을 해서 여기에 옵니까?"

17호 말에 정적이 흘렀다. 다친 아저씨 얼굴은 새파랗게 질렸고, 주변 사람들도 어쩔 줄 몰라 했다.

"우리 지역 센터장님이 어떤 분인데 그 정도 융통성도 없으려고. 소중한 시민이 다치면 얼마나 큰 손실인데, 안 그래요?"

17호 시선이 향한 곳에 분장하듯 진하게 화장한 센터장이 서 있었다.

"아우, 그럼요. 소중한 시민이 다치면 안 되지요. 시민이 있어야 주민회의도 있지요."

센터장은 잔뜩 부풀려 올린 머리를 쓰다듬으며 다친 아저씨에게 빨리 병원으로 가라고 했다.

이 일로 사람들은 17호가 센터장도 무시 못할 정도로 힘이 있거나, 아니면 눈치 없이 나서다 곧 교정 교육을 받고 도시에서 쫓겨날 사람으로 여겼다.

주민회의에서 하는 일은 뻔하다. 주민들을 강당에 모아 놓고 시민관리국이 배포한 영상이나 책자를 보여 주고 센터장이 설명을 덧붙이는 방식이다. 지루한 설명이 끝나면 지역 발전을 위한 의견을 제시하라는 센터장의 말과 함께 종이 한 장을 나눠준다. 하얀 종이를 보면 뭐라도 적어야 할 것만 같다.

'17호가 복숭아를 줬다'거나 '숲에서 즐겁게 놀았다', '텔레비전 프로그램이 재미있다' 혹은 '엄마 생일에 초콜릿 케이크를 먹었다' 등등.

물론 주민센터에서 원하는 글은 이런 글이 아니라, 누군가의 비밀을 밝히는 글이다. 주민회의를 하는 목적 중 하나는, 도시 안전과 평화를 위해 우리 도시에 해를 끼칠 누군가를 미리미리 찾아 제거하는 것이다. 구체적으로 말하면 'OO가 시민관리국을 욕한다', 'OO가 시민관리국의 정책에 불평불만이 많다' 하는 내용들 말이다.

"협조하면 반가운 선물이 뒤따릅니다."

친절한 안내 방송이 나온 뒤 경쾌한 음악이 흘러나왔다.

고발 내용에 따라 선물에도 차등이 있다. 초콜릿이나 쿠키일 수도, 자동차일 수도, 집일 수도 있다.

무기명이라고 하지만 종이에 깨알만한 번호는 무기명이 아니라는 표시다. 주민회의를 할 때마다 나는 센터장, 센터장 위의 사람, 그 위의 사람, 계속 올라가 제일 꼭대기에 있는 사람까지 죄다 멍청하다고 생각할 뿐이다. 비밀 없는 사람이 없고, 진짜 큰 비밀은 밝은 곳이 아니라 어둠 속에서 은밀하게 이뤄지기 때문이다.

엄마가 입을 뾰로통하게 내밀며 연필을 챙겨 들었다. 나와 별다른 내용은 아닐 것이다.

행복하게 지낼 수 있어서 감사합니다.

종이를 반으로 접어 강당 앞 상자에 넣었다.

그다음 할 일은 센터에서 준비한 빵과 우유를 먹는 것이다. 오늘은 얼음을 띄운 수박 화채까지 있다. 글을 써낸 사람들 모두 말없이 묵묵히 빵과 우유를 챙겨 먹었다.

"오늘은 특별한 분을 소개하겠습니다."

센터장의 목소리가 아까보다 한 옥타브 높았다.

"케엑!"

우유를 마시다 사레가 들자 엄마가 등을 두드렸다.

가죽 재킷에 청바지를 입은 숏컷의 키가 큰 여자가 센터장과 나란히 서 있었다. 그 여자다, 숲에서 본.

여자는 씩씩거리며 나를 한참 노려보았다.

'하루에도 수십, 아니 수백 명이 아무도 모르게 죽어요. 그 사람들 다 쫓아다니면서 죽지 말라고 어떻게 말려요? 죽으려는 사람한테 잘못했다고 못하는 것처럼, 그걸 보고 도망가던 나도 잘못은 아니라고요.'

차마 그 말을 못하고 속으로 삼켰다. 간신히 여자의 눈빛을 마주보았다.

여자는 꽤 컸다. 175cm 정도 되는 삐딱이와 비슷한 키에 둥근 이마, 높지도 낮지도 않은 코, 얇은 입술과 둥근 턱. 평범한 외모였지만 어깨 아래까지 구불거리는 붉은 머리와 하얀 옷 때문에 현실의 사람 같지 않았다.

"잘못했어요."

아무리 많은 사람이 죽는 세상이라고 해도 죽으려는 사람을 모른 체하고 도망가는 일은 비겁했다. 엄마가 알았다면 크게 실망

할 일이다. 엄마는 잘못했을 때 잘못했다고 인정하는 것이 용기라고 했다.

"꽃이, 꽃이 참 예쁘네."

조금 전까지 죽일 듯 쐐려보던 여자는 허리를 숙인 채 내가 들고 있는 꽃의 향기를 맡느라 코를 킁킁거렸다. 나는 들고 있던 꽃다발의 반을 뚝 떼어 여자한테 내밀었다. 여자는 꽃다발을 받아 들고는 꽃에 얼굴을 파묻었다.

"진짜 죽으려고 했어요?"

여자는 눈을 동그랗게 뜨고 나를 올려다 봤다.

"그러니까, 그게, 정말 나 때문에 안 죽기로 한 거예요?"

내 말이 끝나기도 전에 여자의 웃음소리가 숲에 퍼졌다. 이를 드러내고 활짝 웃는 여자를 보고 나도 살짝 웃었다. 여자가 가고 나서도 나는 한참을 그대로 서 있었다.

두 번 다시 만날 일이 없을 거라고 생각했던 그 여자가 지금, 강당에 있다.

"우리 지역에 휴양을 온 룩스 시민이세요. 지내는 동안 특별히 주민회의에도 참석하시겠답니다. 도시 간 교류를 위한, 참으로 건설적인 방법이라 생각합니다. 모두 박수로 환영해 주세요!"

센터장이 온몸을 떨며 박수를 치자 강당에 모였던 500여 명이 기계적으로 박수를 쳤다. 룩스 시민이 자신들을 먹여 살린다는 얘기를 공공연히 할 만큼 웰컴 시민들은 룩스 시민에 대해 호의 적이면서도 그 못지않은 반발심도 있었다.

"로마에 오면 로마법을 따르라는 말이 있잖아요. 로마가 아니지만 있는 동안 웰컴 법을 따르려고요. 만나서 반갑고 모두 친하게 지냈으면 좋겠어요. 참, 지나라고 부르면 돼요."

그 여자, 지나의 밝고 명랑한 목소리가 무겁게 가라앉았던 공기를 한껏 끌어 올렸다. 룩스 시민이 이 지역에 머문 일은 있지만 주민회의에 참가한 것도, 이런 식으로 인사를 한 것도 처음이다.

"지나 씨는 룩스 제2 대학에서 법을 전공하는 대학생입니다. 시간이 된다면 관련 강좌를……."

"법학을 전공하긴 했지만 강연할 실력은 안 돼요. 만인에게 법은 평등하다, 모두 아시죠? 그거면 충분해요."

생글거리는 지나와 대조적으로, 말을 잘라 먹힌 센터장은 얼굴을 잔뜩 찌푸리고 있었다. 지금까지 누구도 센터장의 말을 무례하게 자른 사람이 없었다. 룩스 시민이라서 가능했겠지만 통쾌하면서도 씁쓸했다.

숲에서 본 여자와 지나라고 자신을 소개한 여자는 완전히 다른 사람 같았다.

"안녕하세요?"

엄마와 강당을 나서는데 지나가 다가와 인사를 했다.

"예, 안녕하세요?"

엄마도 상냥하게 인사를 건넸다.

"안녕, 꼬맹이!"

"꼬맹이 아닌데요."

"어머 얘가……. 키가 작아서 스트레스를 받아 그래요."

부루퉁한 내 말에 엄마가 서둘러 변명을 했다. 엄마의 절절매는 모습이 보기 싫어 인상을 구겼다.

"괜찮아요. 저도 키 때문에 스트레스 많이 받아요. 키가 중요한 게 아닌데……. 마음이 커야죠."

키 때문에 받는 스트레스라도 꺽다리라서 받는 스트레스와 땅딸이라서 받는 스트레스는 하늘과 땅 차이다. 키는 눈에 보이지만 마음은 큰지 작은지 알 수가 없다. 볼 수도, 잴 수도 없으니까.

"이름이 뭐니?"

"……신."

엄마가 옆구리를 찌르는 바람에 어쩔 수 없이 대답했다.

"신, 다시 만나서 반가워. 점심을 걸러서 배부터 채워야겠어요. 그럼 다음에 봐요."

지나는 빵과 우유가 있는 탁자로 갔다.

"아는 사이였어?"

"알긴. 처음 봐. 이상한 여자야."

나는 얼른 엄마의 호기심을 차단했다.

"재미있고 명랑한데……."

오늘 처음 만났다면 나도 엄마처럼 생각했을지 모른다.

배가 고프다는 말이 사실인지 지나는 빵을 게걸스럽게 먹었다. 일주일 사이에 다시 만난 지나는 전혀 다른 사람이었다. 엄마가 없었다면 나도 반갑다고 말했을까…….

05

재수없는 날이다. 아침부터 집 근처를 서성이는 사마귀를 봤다. 여기서 사마귀는 곤충이 아니라 경찰이다. 검정 모자, 검정 선글라스, 검정 제복, 검정 부츠, 스턴건, 누굴 지키기보다 감시하거나 별것 아닌 일로 겁주고 붙잡아 가는 벌레들.

어렸을 때 경찰을 보고 무서워 울자, 엄마는 '보이는 경찰은 무섭지 않아. 진짜 무서운 것은 눈에 보이지 않거든'이라고 했다.

"근데 경찰이 왜 우릴 감시해?"

"우릴 못 믿거든."

"왜에?"

"잘못한 게 많아서."

"그럼 미안하다고 하면 되잖아."

엄마는 배를 잡고 눈물을 찔끔거리며 웃었다. 왜 그렇게 웃나 했는데 나중에야 깨달았다. 말도 안 되는 얘기였다는 걸.

엄마는 내가 유치원이나 다른 곳에서 엄마가 한 이야기를 할까 봐 몇 번이나 다짐을 받았다. 아이가 무심코 한 말 때문에 교정 교육을 받는 어른들이 많았다.

"톡톡!"

삐딱이가 연필 끝으로 공책을 가리켰다.

알바, 어시장.

나는 엄지와 검지를 모아 동그라미를 만들었다.

우리 학교는 학생의 아르바이트를 금한다. 그럼에도 많은 학생들이 아르바이트를 한다. 유행하는 옷이나 신발을 사기 위해서가 아니라 점심을 해결하고 교재를 사기 위해서다.

모두 돈에 민감하다. 돈이 없는 삶이 얼마나 무섭고 불안한지 잘 안다. 지금은 안전한 웰컴에 있지만 언제 이곳보다 불안정한 도시로, 절벽 아래로 떨어질지 모른다. 절벽 아래는 모두가 끔찍해 하는 제3지대가 있다.

제3지대는 우리나라에서 제일 남쪽에 있는 인구 5만 미만의 세 개 도시를 묶어서 부르는 이름이다. 13년 전 제일 남쪽에 있던 도시의 원자력 발전소에서 방사선 누출 사고가 터지면서 3만여 명이 방사선에 피폭됐고 만여 명이 죽었다.

정부는 사고 지역의 출입을 제한하고 대피령을 내렸다. 또 인근 두 개 도시에 임시 수용소를 마련해, 원폭 피해자들을 나누어 수용했다. 두 개 도시의 시민들은 반발했다. 하지만 정부 방침을 따르거나 도시를 떠날 수밖에 없었다.

얼마 지나지 않아 정부는 3개 도시를 묶어 '제3지대'라는 자치 도시를 만들고 피폭 피해를 입은 사람들과의 교류로 방사능이 유출되는 것을 막기 위해 도시를 폐쇄했다.

제3지대 인근에는 살인, 강도, 강간을 저지른 흉악범이나 정부 정책에 반대하는 정치범과 사상범을 수용하는 교도소, 대규모 화장터, 쓰레기 처리장, 화학폐기물 시설 등 사람들이 꺼리는 온갖 유해 시설이 들어서 있다. 또 자립력 없는 노숙자 시설이나 치료비를 감당 못하는 불치병 환자들을 위한 호스피스 시설 역시 그곳에 있다.

룩스가 모든 사람이 꿈꾸는 천국이라면 제3지대는 룩스의 반대편에 서 있는, 꿈에도 가고 싶지 않은 지옥인 셈이다. 입이 거친 아이들도 '제3지대로 꺼져'라는 말만은 하지 않았다. 지옥은 있는지 없는지 알 수 없지만 제3지대는 엄연히 존재하니까.

"요즘 담임이 미쳤나 봐. 크큭."

교문을 나서는 삐딱이 고개는 다시 왼쪽으로 15도 기울었다. 삐딱이 말처럼 담임이 이상하다. 여전히 쌍욕에 아이들을 때리지만 예전처럼 심하지 않았고 한숨을 쉬거나 안절부절못하는 경우가 많았다.

"혹시 잘리나?"

"설마?"

담임의 꿈은 우리 같은 꼴통을 가르치는 것이 아니라 룩스에서 정치가나 기업가가 될 훌륭한 제자를 키우는 것이다.

"학생들한테 돈 받은 게 걸렸나? 담임 잠잠할 때 괜히 신경질 돋우지 말자."

"당근. 근데 난 교지가 수상해."

교지는 교육 지도, 이안이다. 내가 걸음을 멈추자 삐딱이도 따라 걸음을 멈췄다.

"담임이 교지보다 나이도 많고 학교에도 오래 있었지? 누구도 담임한테 뭐라고 못하는데, 교지가 그러는 것 보면 뒤에 어마무시한 배경이 있는 것 아냐? 어제 내 꿈에 교지가 나한테 총을 딱 겨누더라고. 꿈으로 뭔가, 계시, 뭐라고 하더라? 아, 맞다. 예지몽, 예지몽! 교지가 비밀경찰이라고 알려준 거야. 그러니까 친하게 지내지 말자."

나는 검지를 높이 들어 뱅글뱅글 돌렸다. 삐딱이가 내 등을 타고 겨드랑이를 간질이는 바람에 손은 금방 내렸다. 이안과 재수 없는 사마귀를 한 묶음으로 묶다니 말도 안 된다.

오늘 할 일은 생선을 스티로폼 상자에 실어 나르는 일이다. 큐가 없었다면 이런 알바가 우리 차례까지 오지도 않는다. 한 번 하고 나면 입에서 단내가 나고 온몸이 후들거릴 정도였지만 학생이 이만한 돈을 벌 수 있는 일은 드물다.

조립식 사무실에서 작업복으로 갈아입고 발목까지 오는 비닐 앞치마에 장화까지 신었다. 삐딱이는 휴지를 챙겼다. 비린내가 역겨울 때 콧구멍에 끼울 작업 도구인 셈이다.

"밤샐 거야?"

비린내가 진하게 풍기는 어시장 입구에서 삐딱이한테 물었다. 생선 집하장에 들어가면 한마디도 나누기 힘들다. 잠시만 머뭇거려도 생선이 계속 밀리고 여기저기서 쌍욕이 날아온다.

"아마도."

삐딱이는 초등학교 1학년 때부터 알고 지낸 친구다. 키도 작고 몸도 약해서 아이들한테 시시때때로 괴롭힘을 당하던 나를 영웅처럼 구해 주었다. 엄마가 술을 마시고 정신이 없을 때면 집으로 데려가 밥도 주고 집을 나오면 며칠씩 재워주기도 했다.

언제나 봄처럼 포근하고 웃음이 넘칠 거라고 생각했던 삐딱이 집도 6년 전 삐딱이 아빠 때문에 온기와 웃음을 잃었다. 우리 아빠처럼 죽은 것은 아니지만 행방불명 상태다.

작은 어선의 선장이었던 삐딱이 아빠는 큐 건설을 반대하는 시위를 계속했는데, 그때 사마귀에게 붙잡혀간 많은 사람들과 함께 어디론가 사라졌다.

"분명 사마귀 감시를 피해서 도망간 거야. 우리 아빠 배에 총탄 자국이 이렇게, 이렇게 있더라고!"

삐딱이는 아빠가 없어졌다고 우울해하기는커녕 아빠 배에 난 총탄 자국을 그려 가며 흥분한 목소리로 말했다. 아빠가 돌아올 때까지 가족을 잘 돌봐야 한다는 책임감에 삐딱이는 학교에서도 집에서도 웃으며 힘든 시간을 건디고 있다.

사마귀를 보고 질색하는 나와 달리 삐딱이는 집 근처를 배회하는 사마귀를 보면 기뻐했다.

"아빠가 살아 있다는 증거야."

삐딱이는 사마귀가 귀찮아 할 정도로 말을 걸기도 했다.

아빠가 실종된 뒤로 삐딱이는 세 번이나 이사를 했다. 계속 중심에서 밀려 나고 있다. 삐딱이의 엄마는 큐3의 레스토랑에서 일한다. 삐딱이한테는 무릎이 아파서 제대로 걷지 못하는 할머니와 초등학교 1학년인 여동생도 있다.

"우리 진이 생일에 요리 세트 사주기로 했거든. 저번에 모은 돈은……, 휴우."

힘내라는 뜻으로 삐딱이 어깨를 쳤다.

삐딱이가 지난달 여기저기 멍들며 힘들게 번 돈은 담임 손에 고스란히 들어갔다.

아르바이트한 것을 담임한테 들켰다. 담임에게 먼저 걸린 녀석이 삐딱이를 일렀고 삐딱이는 학생 책임 프로그램 대신 아르바이트로 번 돈을 바쳤다. 학생 책임 프로그램 대상이 되면 벌점을 받고 벌점 50점이면 퇴학이다. 벌점이 아슬아슬한 삐딱이가 학교에 남을 수 있는 유일한 방법은 담임에게 자진 헌납하는 길뿐이었다.

"그 새끼, 그런 식으로 돈 모아서 룩스에 가기만 해. 내가 꼭 빅
마우스에 나가서 고발한다."

삐딱이는 불량스럽게 침을 땅에 퉤 뱉었다.

06

6시 20분. 20분이나 더 일했다. 하지만 불평은 없다. 이 일을 하고 싶어 하는 애들이 널렸기 때문이다. 일은 일대로 하고 돈은 돈대로 못 받는 일이 많은데, 이 일은 조금씩 일을 더 시켜서 그렇지, 돈만큼은 확실하게 준다.

간식으로 나온 빵을 삐딱이한테 던져준 뒤 밖으로 나왔다. 문하나를 사이에 두고 안팎 풍경이 너무 다르다. 안이 너무 치열해서인지 밖은 정지 화면처럼 보였다.

샤워실에서 땀으로 젖은 작업복을 벗고 몸을 씻었다. 온몸 구석구석을 비누칠해 씻어냈지만 비린내는 쉽게 가시지 않았다.

몇 번이나 망설이다 버스를 탔다. 내일은 수학 시험도 봐야 하니 빨리 집에 가서 공부하는 게 더 경제적이라고 결론 내렸다.

정거장에서 내려 집 앞 골목에 들어서는데 분위기가 어수선했다. 17호는 오늘도 대문 앞 의자에 앉아 있고, 발아래에는 쿠키가 있었다. 다른 점이라면 17호 왼쪽 플라스틱 의자에 사마귀가 앉아 있었다는 것뿐이다.

헐!

정말 헐이다. 내가 아는 사람 중 사마귀랑 저렇게 사이좋게 과일을 나눠 먹는 사람은 없다. 그럴 수 있다고 생각한 거랑 사실을 확인한 것 사이에는 큰 차이가 있다. 배신감이 들었다. 17호는 그냥 옆집 사람일 뿐인데 말이다.

"늦었구나."

최대한 불손하게 고개만 까딱하고 17호 앞을 지나치는데 17호가 잽싸게 다가와 내 손에 복숭아 하나를 쥐여 줬다.

"먹어봐라. 맛이 좋다."

복숭아를 집어 던지는 상상을 했지만 열여섯 살이 하기에는 너무 유치한 행동이다.

"혀끝 조심해라!"

작고 낮은 목소리였다. 17호는 아무 말도 하지 않은 것처럼 시치미를 떼고 의자에 돌아가 앉았다.

얼마 되지 않은 거리를 빠르게 걸어갔다. 대문이 살짝 열려 있었다. 마당을 한달음에 가로질러 현관문을 열었다.

"엄마, 엄마!"

"여기 있어!"

엄마 목소리가 들리자 급하게 뛰던 심장이 제자리를 찾아갔다. 주방을 지나 뒷마당과 연결된 문을 열었다.

"엄마!"

엄마는 텃밭에서 허브를 따고 있었다. 그런데 그 옆에, 뜻밖에 사람이 있었다. '혀끝 조심해라'는 말이 이 사람 때문일까. 비밀경찰 17호가 조심하라면 좋은 사람일까. 머리가 복잡했다.

"하이, 신! 잘 지냈어?"

"……예."

"어머, '예'가 뭐야? 완전 나이 든 것 같잖아. 그냥 반말해."

엄마한테 눈짓으로 어떻게 된 일이냐고 물었지만 엄마는 어깨만 으쓱해 보였다.

"혼자 있으니까 심심해서 놀러 왔어. 텔레비전도 혼자 보면 재미없잖아. 언니가 저녁 먹고 가라고 해서 널 기다리고 있었어. 배고파 죽겠다, 얘."

저 여자는 어쩌면 저렇게 뻔뻔할까. 엄마가 퇴근하고 집에 오니 집 앞에 쪼그리고 앉아서 기다리고 있었단다. 지나 덕분에 오늘 동네 사람들 입이 심심하지 않겠다.

저녁 식탁은 어느 때보다 풍성했다. 쇠고기 스테이크에 으깬 감자, 허브 샐러드, 와인까지.

"참, 쇠고기는 지나 씨가 가져왔어. 너 읽으라고 책도 가져오고……."

"음음, 뱃가죽이 딱 달라붙었어요. 빨리 먹어요."

지나는 포크와 나이프를 들며 쑥스러운 듯 웃었다.

언제나 둘이던 식탁에 셋이 앉았다. 배고프다는 말이 사실이었는지 지나는 정신없이 먹었다. 배가 차자 지나는 쉴 새 없이 떠들었다. 엄마는 웃느라 식사도 제대로 못 했다.

우리 환심을 사려고 선물까지 가져오고, 왜 하필 우리 집인지에 대해 의심할 필요가 없었다. 우리가 가진 것들은 지나가 가진 것들의 비하면 발끝에도 못 미칠 것들이니까. 지나 말처럼 심심해서 놀러온 거라는 생각이 들었다.

식사를 마치고 지나가 가져온 책을 살펴봤다. 비싸서 구경만 했던 우주와 관련한 책들이었다.

"고맙습니다."

진심이었다.

"뭐? 아, 책. 네 맘에 들만한 책을 찾느라, 청소년 인기 도서를 다 검색해 봤다니까. 키킥. 저거 웃기지 않냐?"

소파에 양반다리로 앉아서 푸딩을 떠먹던 지나가 텔레비전으로 고개를 돌리며 말했다. 인사받는 것이 멋쩍은 모양이었다.

엄마와 지나는 소파에 나란히 앉아 텔레비전을 봤고 지나에게 자리를 내준 나는 거실 바닥에 앉아 책을 읽었다.

잠깐 졸았던 것 같다. 엄마와 지나는 여전히 같은 자세로 텔레비전을 보고 있었다. 10시가 다 되어 갔다. 엄마가 피곤한지 눈을 깜박였다. 내일은 새벽 근무다.

"하암."

입을 쩍 벌리고 크게 하품을 하자 지나가 나를 바라봤다.

"어머, 시간이 많이 늦었네. 가야겠어요, 언니. 오늘 정말 재미있었어요."

지나가 소파에서 일어나자 엄마가 따라나섰다.

"나오지 말아요. 또 놀러올 텐데요."

현관문 앞에서 지나가 엄마와 나를 막았다.

"신, 엄마 말씀 잘 들어. 언니는 술 좀 적당히 마시고요. 그렇게 마시다가는 몸 상해요."

"아!"

엄마 입에서 작은 소리가 터져 나왔다. 식사 내내 엄마가 마신 물이 술이었다는 것을 알았나 보다.

엄마와 나는 현관 앞에서 지나가 마당을 걸어 대문 밖으로 사라지는 것을 보았다. 지나 뒷모습이 사라지자마자 나는 2층으로 올라가 창문 밖으로 고개를 내밀었다. 지나는 아주 느릿느릿 가로등이 켜진 거리를 걸어갔다. 그 뒤로 어디서 나타났는지 모를 사마귀 두 마리가 뒤따랐다. 지나가 룩스 시민이라서 특별 보호를 받는 거겠지. 얼마 지나지 않아 차에 시동 거는 소리가 들렸다.

07

삐딱이가 결석을 했다. 차에 생선 박스를 싣다가 허리를 삐끗했다. 담임한테 맞고도 오뚝이처럼 꿋꿋하던 삐딱이가 며칠 학교를 비우자 썰렁했다.

"공부해야 하는데……."

어제 전화로 삐딱이가 뜻밖에 소리를 했다.

"헐, 미친. 다친 게 허리가 아니라 머리냐? 네 입에서 공부 소리가 나오고. 언제부터 공부했다고……."

"알바로 돈 벌기 전에 골로 가겠어. 할머니랑 엄마, 진이까지 울고불고하니까 그냥 죽자사자 공부를 하는 게 나을 것 같아서. 누가 우리 집에 돈다발 좀 던져주면 좋겠다, 히잉."

영혼 없는 말을 내뱉던 삐딱이는 내가 그동안 정리한 요약 노트를 특별히 빌려주겠다는 말에 희희낙락하며 전화를 끊었다.

수업을 마치고 7층 상담실로 갔다. 상담실에는 갈색 둥근 테이블과 같은 색 의자들이 무질서하게 놓여 있었다. 상담실이라기보다 유치원이나 초등학교 교실 같았다.

나는 운동장이 내려다보이는 창가 의자에 엉덩이를 걸치고 앉았다. 흙먼지를 일으키며 축구를 하는 아이들이 보였다. 눈으로 공을 쫓는데 문이 열렸다. 수업 마치고 상담실로 오라고 한 이안이다.

"그냥, 앉아. 괜찮아."

일어서려는 나를 손짓으로 말린 이안이 맞은편 의자에 앉았다. 나는 얼른 자세를 바로잡았다.

"시간이 없어서, 바로 얘기할게. 널 군사정보학교에 추천하려고 해."

입이 절로 벌어졌다. 군사정보학교, 군정은 현실적으로 내가 갈 수 있는 최상의 학교다.

"네 생각은 어때?"

"조, 좋아요."

말까지 더듬을 정도로 좋았다. 그냥 좋은 게 아니라 기분이 째지게 좋다. 군정에 가면 수업료 걱정을 할 필요도 없고 졸업하면 정보관리국 소속 군인이 되어 월급을 받을 수도 있다. 우수한 성적으로 졸업하면 룩스 시민권과 아파트까지 무상으로 제공받는다는 소문이다. 너무 좋은 만큼 이안이 왜 나를 추천했는지 궁금했다. 성적은 좋아도 집안도 별로고 키도 작다. 담임은 물론, 이안에게 싸구려 술 한 병 선물한 적 없다.

"가고 싶어 하는 애들은 많지만 믿을 만한 애가 없어. 내가 널 추천한다는 건 널 믿는다는 거고, 네 행동에 내 책임이 따른다는 뜻이다. 공동 운명체가 되는 거야."

이안의 갈색 눈동자를 보는 순간 온몸에 전율이 흘렀다.

"비밀이니까 친구들한테 얘기하면 안 돼. 알겠지?"

"예."

이안이 흰 카드를 줬다. 입학 원서에 사용한 내 사진이 담긴 카드는 웰컴 중앙도서관 카드였다. 이안은 내가 거절할 거라고는 추호도 의심하지 않았던 것이다. 당연하다. 세상에 어떤 열여섯 살이 군정 입학 제안을 거절할 수 있을까.

"궁금하거나 의논하고 싶은 일이 있으면 건의함에 26이라는 숫자를 적어 넣어. 아직은 후보생이니까 행동에 주의하고."

각 교실 복도에 있는 건의함은 학교, 선생님, 친구에게 제안할 건의 사항이나 불만 사항을 적어 넣도록 돼 있었다. 자리나 차지하는 플라스틱 상자로 여겼는데 이런 용도가 있는 줄이야.

이안이 나간 뒤에도 한참을 그대로 있었다. 이 꿈같은 일이 진짜인지 생각해 볼 시간이 필요했다. 손에 쥔 카드가 꿈이 아니라는 것을 알려 주었지만 그래도, 믿기지 않았다.

금요일마다 오던 지나가 오늘은 오지 않았다.

'서운해하지 마. 오늘은 내가 약속이 있어서…….'

누가 서운해한다고. 내가 아는 사람 중 지나처럼 뻔뻔한 사람은 없었다. 지나는 못 온 대신 유명 파티시에가 만든 생크림 케이크와 장미 모양 초콜릿을 보내왔다. 그 덕분에 나는 허리를 다쳐 의기소침한 삐딱이가 진이한테 '오빠 최고!'라는 소리를 들을 수 있게 했다.

엄마는 식사도 거르고 또 술을 홀짝였다. 지나가 왔다면 식사라도 하고 술을 마셨을 거라는 생각이 들었다. 별로 좋은 연상은 아니다.

"엄마, 군정에 가면 어떨까?"

자랑하고 싶어서 입이 간질거렸지만 아직은 후보생이다. 정식 학생이 되면 얘기해서 기쁘게 해주고 싶어 슬쩍 물었다.

"으응, 뭐?"

무슨 생각을 하고 있는지 엄마가 되물었다.

"군사정보……."

"안 돼!"

엄마의 고함에 깜짝 놀랐다.

"그런 데는 가는 거…… 아니야. 나는, 나는……."

엄마답지 않게 언성을 높이고 말도 더듬었다.

"나는, 나는…… 네가 평범하게 살았으면 해. 군사정보학교니 뭐니 그런 데 갈 생각은 하지도 마!"

예전에 반장 아줌마가, 군정에 가고 싶어 하는 조카가 있다며 시민관리국에 아는 사람이 있으면 좋겠다고 하소연한 적이 있다.

"군정에 가면 돈도 안 들고 좋죠. 혜택도 많다고 하더라고요."

그랬던 엄마다.

"그러니까, 신. 그곳은 너와 안 어울려. 거긴 아니야. 안 돼!"

완강한 엄마 말에 더는 속내를 털어놓을 수 없었다.

객관적으로 봤을 때 160cm도 안 되는 작은 키에 왜소한 체격 (키도 커지고 몸무게도 늘어날 거라고 믿지만), 아버지는 없고 엄마는 술을 달고 사는 청소부에 돈도 없는, 공부 잘하는 것 말고는 어떤 재능도 없는 우울한 열여섯 살에게 이런 기회가 주어졌다면 춤을 추며 기뻐할 일이다. 예상치 못한 엄마 반응에 붕붕 뜨던 마음이 가라앉았다.

중앙도서관에 왔다. 밖에서만 보고, 옛날 성 모양을 흉내 낸 낡은 5층 건물로만 생각했는데 들어서자마자 감탄사가 나왔다. 천장이 유리로 뻥 뚫려 있고 1층에서 5층까지 중앙 계단으로 이어져 있었다. 양쪽 벽의 커다란 창으로 들어온 햇볕이 책장에 꽂힌 책을 비추는 특별한 조명처럼 보였다.

안내 데스크에 가서 카드를 내밀었다.

"등록합니다. 이용 방법은 가이드북을 참고하세요."

안내원이 높임말을 쓰니 중요한 사람이 된 것 같았다.

삐딱이와 함께 왔다면 당장 미디어실에 가서 재미있는 영화 한

편 봤을 텐데 삐딱이와 함께 할 수 없어서 아쉬웠다.

도서관은 규모에 비해 이용자가 많지 않았다. 또래로 보이는 몇 명은 옷차림을 보니 사립 중학교 학생들이었다. 종합자료실에서 어떤 책이 있는지 훑어보고 열람실을 살펴봤다. 도서관 구석구석을 살펴본 뒤 제일 가고 싶었던 디지털실로 갔다. 갖고 싶지만 너무 비싸서 엄두가 안 나는, 컴퓨터가 있었다. 나는 제일 안쪽 칸막이 책상에 앉아 컴퓨터 전원을 눌렀다. 학교에서 컴퓨터 수업을 할 때면 컴퓨터 열 대를 조금이라도 더 쓰기 위해 마흔 명의 아이들이 신경전을 벌였다.

웹브라우저를 클릭했다. 중앙도서관 메인 페이지가 떴다. 나는 부여받은 고유번호를 입력한 뒤 이안이 알려준 군정 주소를 입력했다. 학교 컴퓨터와 다르게 눈 깜짝할 사이에 군정 홈페이지가 열렸다.

군사정보학교는 나라를 위협하는 가상의 적과 적군 침입에 대비한 군인 정책 기획 및 전투와 전략 정보를 총괄하는 장교 양성 기관이다. 국가의 안전보장을 최우선으로 여기는 최고 교육 기관으로 17세에 입학해, 5년 동안 군인에게 필요한 지적 능력과 최첨단 군사 기술, 체력 향상을 위한 훈련 프로그램을 이수해야 한다. 교육 과정을 이수하고 졸업시험에 통과하면 장교로 임관

할 수 있으며, 졸업생에게는 월급 및 주택 지원 등 다양한 혜택
이 주어진다.

알고 있는 내용이지만 다시 확인하니 후보생이 된 사실만으로
도 뿌듯했다.

엄마가 걱정됐지만 엄마 월급으로는 대학교 입학금은 고사하
고 고등학교 졸업도 장담하기 어려웠다. 대학교에 못 가면 나 역
시 생선을 낚으러 바다로 가거나 어시장에서 생선을 팔거나 엄마
처럼 큐에서 청소나 하며 살아야 할지 모른다. 군정은 엘리베이
터처럼 내 삶을 수직 상승시켜 줄 최선이다.

군정 홈페이지를 본 다음, 군정 관련 뉴스와 정보를 읽고 헤드
셋을 끼고 동영상을 봤다. 청색 제복도, 흰색 제복도 멋졌고 훈련
때 검은 위장 크림을 얼굴에 바르고 입는 풀색 군복도 멋졌다.

졸업생 활동을 살펴보는데 '제3지대 폭동 세력 진압'이라는 헤
드라인이 눈에 들어왔다. 클릭하자 검정 방독면과 방호복을 입고
기다란 총을 든 사람들이 있었다.

제3지대 폐쇄에 반대하는 반정부 세력이 제3지대 시민을 선
동해 폭동을 일으켰다. 정부는 반정부 세력이 제3지대가 아닌
타지역 사람들인 것을 파악하고 긴급안전조치를 발효했다. 제3

지대는 반정부 세력을 모두 척결할 때까지 국가사령부 관할 하에 있게 된다.

13년 전 10월 신문에 실린 기사다.

군인들이 머리에 띠를 두르고 한쪽 손을 불끈 쥔 채 고함을 지르는 사람들을 포위한 사진도 있었다.

비슷한 내용의 기사와 사진들을 클릭하는데 문득 뭔가를 놓쳤다는 생각이 들었다. 놓친 것이 무엇인지 생각하며 이전 화면으로 돌아가는 화살표를 눌렀다. 몇 번 화살표를 클릭한 끝에야 반정부 세력이 타고 있던 커다란 트럭 사진에서, 놓친 뭔가를 발견했다. 그것은 반정부 세력 중 하나가 들고 있던 깃발이었다. 깃발의 파랑, 노랑, 녹색 동그라미가 익숙했다. 어려서 덮고 자던 이불 안감과 같았다.

'이건 평화, 이건 자유, 이건 평등.'

엄마는 안감의 동그라미를 하나, 하나 가리키며 어떤 뜻인지 얘기하고는 했다. 엄마와 나만의 비밀로, 나는 지금껏 비밀을 지켰다.

오줌이 마려웠다. 빨리 집에 가서 엄마한테 묻고 싶었지만 컴퓨터 앞에서 떠날 수 없었다. 나는 검색창에 '제3지대 폭동'이라고 자판을 두들긴 다음 닥치는 대로 기사를 클릭했다. 잠깐 화장실을 다녀온 것 말고는 인터넷의 기사를 하나라도 놓칠세라 계속 클릭했다.

그러다 기사에서, 아빠 이름을 발견했다. 동명이인일 거라고 생각하고 진정하려고 했지만 본능은 아빠를 가리키고 있었다. 눈앞이 노랗게 변하고 도서관이 뱅글뱅글 돌았다. 나는 몇 번이나 눈을 깜박인 다음 모니터로 눈길을 돌렸다.

아빠 이름으로 검색을 했다. 왜 한 번도 아빠가 병으로 죽었다는 사실을 의심하지 않았을까. 아빠 이름은 발견했지만 아빠의 얼굴은 찾을 수 없었다. 나는 오랜 시간 동안 잊고 있었던 아빠의 모습을 꺼내기 위해 안간힘을 썼다. 코를 찡긋하던 모습, 장난감 자동차를 태워주던 모습, 엄마한테 양손을 모으고 싹싹 빌던 모습……. 이 모습들은 모두 사진으로 만난 아빠의 모습이었다.

도서관 직원이 폐관 시간을 알리러 오지 않았다면 밤새 도서관에 있었을지 모른다. 눈은 뻑뻑했고 머리는 복잡했다. 아빠가 반정부 세력의 핵심 인물이었다는 사실이 무서웠다.

집에 어떻게 왔는지 모르겠다. 오는 내내 벼르던 수많은 질문은 소파에 웅크린 채 자고 있는 엄마를 보자 스르르 미뤄졌다.

"엄마, 들어가서 자."

흔들어 깨워도 엄마는 쉽게 일어나지 않았다. 나는 엄마 방에 들어가 붙박이장을 열고 이불과 베개를 꺼냈다. 베개를 고이고 이불을 덮어주어도 엄마는 꼼짝하지 않았다.

　나는 다시 엄마 방으로 갔다. 이불장에 있는 이불을 모조리 꺼내 안감을 살폈다. 어려서 이불을 본 것은 꿈일까, 도서관에서 본 기사는 가짜가 아닐까를 되뇌며 그 이불을 찾았다. 바람과 다르게, 깃발과 똑같은 무늬로 안감을 댄 이불이 있었다. 그 깃발이었다. 엄마는 이것을 어떻게, 왜 간직하게 됐을까. 엄마는 아빠가 제3지대에서 폭동을 일으킨 사실을 알고 있을까. 만약 그렇다면 엄마는 어떻게 이곳에 사는 걸까.

　삐딱이가 평생 사마귀가 자신을 따라다닐 거라더니, 나도 마찬가지였다. 아빠는 왜 제3지대에서 폭동을 일으켰을까. 그래서 죽은 것일까. 아빠가 지금 내 삶을 흔들고 있다.

08

"뭐 해? 네 차례잖아."

지나가 검지로 나를 가리켰다.

엄마, 나, 지나에 17호까지 젠가를 했다. 어쩌다 이렇게 됐는지 모르겠다.

금요일에만 오던 지나는 어느 순간 시도 때도 없이 우리 집을 드나들었다. 오늘은 일요일인데, 아침부터 쳐들어왔다. 아침을 먹고 엄마랑 수다를 떨던 지나가 가방에서 젠가를 꺼냈다. 시큰 둥하게 보고 있는데 지나가 편을 나눠서 하면 더 재미있다고 하더니 17호를 데리고 왔다. 지나가 17호를 데려오겠다고 하길래 콧방귀를 뀌었는데 예상과 달리 17호가 쿠키를 데리고 왔다.

"요걸 요렇게 살짝 돌려서⋯⋯."

나와 한편인 17호가 손가락으로 젠가를 가리키며 요령을 알려 주었다. 나는 젠가에 집중했다.

중앙도서관에 다닌 지 2주가 돼 간다. 나는 시간이 날 때마다 도서관에 갔다. '제3지대 폭동'을 검색해 관련 기사들을 찾아 읽 었다. 처음에 본 내용과 별반 다르지 않았고 결론은 하나였다. 아 빠는 착한 사람들을 선동한 범죄자다.

와르르르.

젠가가 무너지자 엄마와 지나가 박수를 쳤고 17호는 난처한 표정을 지었다. 지나 등쌀에 못 이겨 엉덩이로 후다닥 이름을 썼다. 지나는 배를 잡고 굴렀고 언제나 무표정하던 17호 입가에도 엷은 미소가 번졌다. 엄마는 억지로 웃음을 참다가 결국 눈물을 찔끔거렸다.

"아저씨는요?"

"탱탱하지도 않은 내 엉덩이 봤자 뭐 해? 엉덩이로 이름 쓰는 대신 좋은 와인을 가져오지."

"말도 안 돼요!"

내 반대에도 지나와 엄마는 박수를 치며 좋아했다.

"배신자!"

나는 화난 체하며 17호를 째려보고는 벌칙을 물질로 대신하는 것은 말도 안 된다고 말했다. 잠시라도 복잡한 머리를 웃음으로 채우고 싶었다.

17호는 와인에 덤으로 스트링 치즈까지 가져왔다. 엄마와 지나가 점심 식사를 준비하는 동안 17호와 나는 거실에서 텔레비전을 봤다.

"제가 이렇게 즐겁게 떠들 수 있는 것은 누구 덕분일까요? 바로 여러분 덕분이죠. 여러분이 웃고 좋아라 하시니까 제가 평생 펑펑 쓰고도 남을 출연료를 받는 겁니다. 감사하고 감사합니다."

빅이 익살스런 표정을 지으며 허리를 굽실거리자 방청객들이 깔깔거리며 웃었다.

"그런데 여러분이 이렇게 웃고 즐기는 건 누구 덕분일까요? 바로 여러분을 안전하게 지키는 나라 덕분입니다. 세금이 쥐꼬리만큼 올랐다고 못 살겠네, 어쩌네 하는데 세금 내기 싫으면 이 나라를 떠나면 됩니다. 안 그래요?"

"맞아요!"

방청객들이 맞장구쳤다.

"예전이나 지금이나…… 저 인생도 불쌍하네."

"빅이 얼마나 부자인지 아세요? 아저씨보다 열 배, 백배는 잘 살고 행복할 걸요. 모두 부러워하는데 불쌍하긴요."

17호의 혼잣말을 열을 내며 받아쳤다.

"돈이 많으면 뭐해. 존경이나 사랑은 돈으로 살 수 없는걸."

그깟 게 뭐 대수냐고 되받아치려는 순간 지나가 주방에서 불렀다. 17호는 비밀경찰이지만 이상한 비밀경찰이다.

의자가 부족해 거실 탁자를 가져다 앉았는데 높이가 맞지 않았다. 나만 키다리가 됐다. 식사를 하기에는 불편했지만 주방이 꽉 차 활기가 넘쳤다. 즐거웠다. 지나는 나이프를 든 채로 끊임없이 떠들었고 엄마는 친근하게 대꾸하며 내 접시에 음식을 올려 주었다. 17호는 단답형으로 짧게 말했다.

식사를 마친 17호는 후식도 먹지 않고 할 일이 있다며 쿠키랑 집으로 돌아갔다. 엄마를 도와 뒷정리를 마친 지나가 내 옆으로 다가왔다.

"신, 방 구경해도 돼?"

지나의 말에 당황하며 머뭇거리자 엄마가 '그렇게 해'라고 했다. 내가 앞장서자 지나가 내 뒤를 따라왔다.

"숨길 거 있으면 먼저 들어가서 숨겨. 3분 뒤에 들어갈게."

"됐거든."

나를 뭐로 보고. 현관 옆 좁은 계단을 올라간 나는 보란 듯이 방문을 열었다. 왼쪽에 지붕과 맞닿은 창문이 있고 창문 옆에는 책상이, 오른쪽 벽에는 침대와 책장이 나란히 붙어 있다. 한눈에 보이는데도 지나는 방 안을 두리번거렸다.

"애걔걔, 시시해."

엄마 말고 내 방에 처음 들어온 여자라, 잔뜩 긴장했는데 지나가 툭 던진 말에 맥이 풀렸다.

우리 학교 열여섯 살짜리의 방은 크기와 모양만 다를 뿐 내 방과 비슷하게 책상과 침대, 책장 등이 전부다. 텔레비전에 나오는 것처럼 컴퓨터에 멋진 게임기, 피규어가 진열된 방의 주인이라면 사립에 다니지 우리 중학교에 다니지 않는다. 심지어 삐딱이는 방 중간에 커튼을 달아 할머니와 함께 쓴다.

"뭐, 어떤 걸 기대한 거야?"

화내며 말한 순간 후회가 밀려왔다. 우리는 절대 먹지 못할 비싼 고기와 아이스크림, 초콜릿을 지나는 아무렇지 않게 가져오고 비싼 책도 흔히 선물한다. 평범해 보이는 지나의 티셔츠조차도 유명 디자이너 작품으로 가격이 우리 가족 일주일 생활비에 맞먹는다. 지나가 타고 오는 자동차 소리가 들리면 나도 모르게 오늘은 뭘 가져왔나 하는 기대부터 했었다. 부러운 마음, 부끄러운 마음이 한데 엉겼다.

"미안. 그런 뜻 아니야. 정말, 아닌데……."

어떤 말에도 뻔뻔하던 지나가 얼굴을 붉히며 사과했다. 지나는 창문을 활짝 열어젖히고 등을 보인 채로 서 있었다.

"남자애 방엔 여자 연예인 사진이나 스포츠 스타 사진이 덕지덕지 붙어 있을 줄 알았어. 그런 뜻이었어. 네 방이 시시하다는 뜻이 아니라, 솔직히 네가 부러워."

룩스 대학생이 웰컴시의 키도 작고 보잘것없는 중학생을 부러워하다니, 말도 안 된다. 그렇지만 지나의 말은 거짓말 같지 않았다. 지금 지나의 모습은 내가 처음 지나를 만났을 때와 같다. 행복한 사람이 나무에 목매달아 죽으려고 하지는 않을 테니까.

지나가 창틀에 걸터앉아 밖을 보자 볼 것 없던 바깥 풍경이 풍성해졌다. 지나는 말 없이 그렇게 있다가 방을 나갔다.

나를 믿어주는 이안을 위해서라도 용기를 내야만 했다. 마주 앉은 이안의 얼굴이 피곤해 보였다.

"중앙도서관에 갔어요."

"오, 그래? 알겠지만 중앙도서관은 아무나 출입할 수 없는 곳이지. 군사정보학교에 간다면, 지금 중앙도서관에서 보는 자료나 정보들은 피라미 수준이야. 사람들 대부분이 우물 안 개구리처럼 사는 세상에서 넌 강력한 무기를 갖는 거지. 세상의 중심으로 들어가는 거야. 내 말만 잘 따르면 세상을 움직이며 살 수 있어."

이안의 격려에 코끝이 찡해지면서 마음이 갈피를 못 잡았다. 모른 척 하고 싶지만 모른 척 할 수 없는 사실 말이다. 보잘것없는 나를 믿어준 이안을 위해 나는 용기를 냈다.

"군사정보학교에 추천해주셔서 감사합니다. 그런데 못, 갈 것 같아요."

바라는 일을 의지와 무관하게 못 하게 되다니, 울컥했다. 추천을 받아도 폭동을 일으킨 범죄자 아들이 나라를 지키는 장교가 될 수는 없다. 기억에 없는 아빠를 언제까지 미워해야 할지 모른다는 사실도 괴로웠다.

"도서관에서 제3지대 폭동에 관한 자료를 봤어요."

입이 바짝 말랐다. 이안이 손짓으로 계속 말하라고 했다.

"거기, 보는데, 저는 아빠가 아파서 죽은 줄 알았어요. 그런데 그게 아니라……."

말이 입 안에서 자꾸 헛돌았다. 이안의 얼굴을 보기가 힘들어 고개를 숙였다.

"제3지대 폭동 사건에, 네 아빠가 있었어?"

이안이 내가 할 말을 끌어냈다. 나는 묵묵히 고개를 끄덕였다.

짝, 짝, 짝, 짝.

이안이 일정한 간격으로 박수를 쳤다. 놀라서 고개를 들어보니 이안의 표정이 그 어느 때보다 밝았다.

"시민번호 W2138766은 군사정보학교 1차 시험에 합격했다. 진심으로 축하한다."

'신'이라며 다정하게 부르던 이안은 사라지고 기계적으로 말하는 이안이 남았다. 나는 이안이 한 말이 어떤 의미인지 생각했다. 이안은 아빠에 대해 이미 알고 있었던 것이다. 나는 아빠에 대해 솔직하게 밝힌 덕분에 군정 1차 시험을 통과했다.

'보이지 않는 비밀경찰이 더 무서워!'

엄마가 옳았다. 언제나 학생 편이던 교지 이안은 가짜였고 지금 내 앞에 있는 냉정한 비밀경찰 이안이 진짜다.

나는 떨리는 손을 탁자 밑으로 감추고 소스라치게 놀란 심장을 진정시켰다. 만약 내가 얘기하지 않았다면 어떻게 됐을까? 이안이 내 말을 조금 더 기다려주었거나 일찍 박수를 치지 않았다면?

나는 집에 있는 깃발 이야기도 했을지 모른다. 그랬다면 엄마는 어떻게 됐을까. 아찔했다.

"어리석은 사람들은 정부를 믿지 못하고 비밀을 만들지. 비밀이 생기면 그 비밀을 지키기 위해 거짓말을 하고 거짓말은 또 다른 거짓말을 낳는 악순환이 일어나고. 그러니 나라의 안전을 책임질 장교가 될 사람은 아주 사소한 비밀도 가져선 안 된다. 정부는 너의 정신과 육체를 모두 필요로 해. 모든 후보생이 거치는 과정이니까 기분 상할 필요는 없다. 지금 이 시각부터 너는 군사정보학교 후보생이 아니라 예비 학생이다."

이안의 말이 계속 이어졌지만 귀에 들어오지 않았다.

"넌 현명해서 다행이다. 우리 정부는 관용이 있어. 네가 반역자의 아들이더라도 나라를 위해 희생하겠다는 의지만 있으면 언제라도 기회를 준다."

무엇으로도 메꿀 수 없는 구멍이 가슴에 생겼다.

제2부
빅 쇼

장담하지. 너는 승자 쪽에 설 거야.
세상이 문제가 많네 어쩌네, 불평등하네 어쩌네 하는
사람들은 이미 패자라는 걸 증명하는 거다.
승자는 세상에 대해 그런 얘기를 하지 않아.
묵묵히 승자의 방식을 따르지.

숨이 막혔다. 연기에 휩싸인 도시는 어디가 어딘지 알 수 없었다. 사람들은 정신없이 뛰어다녔고, 여기저기서 쌍욕과 비명, 울음소리가 들렸다. 얼굴이 따가워서 윗옷을 당겨 코와 입을 막자 간신히 숨은 쉴 수 있었다. 눈에서는 의지와 상관없는 눈물이 흘렀다.

엄마를 찾아 이리저리 헤매다가 한 무리의 사람들에게 휩싸였다. 빠져나오려 해도 혼자 힘으로는 역부족이었다. 사람들의 움직임에 몸을 맡길 수밖에 없었다.

"국가를 위해 목숨을 바친다!"

커다랗고 울림 있는 목소리였다. 사람들은 언제 켁켁거렸느냐는 듯 박수를 쳤고 발을 맞추며 걸어갔다.

쿠구쿵, 쿠앙.

천둥소리처럼 사방에서 큰 소리가 났다. 혹시 대포가 소리를 낸다면 지금 들린 소리와 비슷하지 않을까. 너무 놀라 땅에 주저 앉고 말았다. 뒤에서 어떤 사람이 내 몸을 거칠게 들어 올렸다. 연기가 서서히 걷히면서 목소리 주인공이 보였다.

"뭐해? 이 병신 쓰레기 같은 새끼야!"

검은 군복에 방독면을 쓴 사람은 내가 꼼짝도 않자 어깨에 메고 있던 총을 내게 겨눴다. 총구에서 금방이라도 총알이 나와 내 머리통을 산산조각낼 것 같았다. 살려달라고 말하고 싶은데 말이 나오지 않았다. 아랫도리가 축축했다. 주변에 있던 군인 수십 명이 나를 보며 낄낄거렸다.

01

너무 생생했다. 연기가 걷히면서 꿈인 줄은 알았지만 일어날
수 없었다. 비슷한 꿈을 반복해서 꾸었다.

상담실에서 이안과 헤어져 어떻게 집에 왔는지 모르겠다. 눈을
떠보니 내 방이었다. 팔에 줄이 주렁주렁 매달려 있는데, 거치대
의 비닐 팩을 보고는 비싸겠다는 생각부터 했다.

"영양수액이야. 지나 씨가 의사를 데려왔어."

꼬박 하루를 잤다고 했다. 엄마 얼굴이 까칠했다. 고개를 옆으
로 돌리자 지나가 보였다. 고맙다고 말하고 싶었지만 입이 바싹
말라 소리가 나오지 않았다. 엄마가 물수건으로 내 입술을 닦아
주었다. 다시 잠이 든 나는 같은 꿈에 다시 시달리다 깼다.

눈을 떴을 때는 밤이었다. 달빛이 반으로 조각나 있었다. 한 쪽
팔을 책상 위에 늘어뜨린 채 자고 있는 엄마, 아니 엄마 옷을 걸친
지나가 보였다. 왜 지나는 자신과 상관도 없는 나를 위해 이 방에
있을까. 한참 동안 지나를 보다가 다시 잠이 들었다.

"일어나!"

눈을 떠보니 앞치마를 두른 지나가 문 앞에 서 있었다.

"밥이랑 약 먹고 쉬든 자든 해. 언니는 새벽에 퇴근해서 지금
자고 있어."

경쾌한 목소리와 달리 지나 얼굴은 피곤한 기색이 역력했다.

욕실로 들어가 땀으로 눅눅해진 옷을 벗고 씻었다. 힘은 없었지만 머리는 맑았다. 한결 나아진 기분으로 주방에 가자 고소한 냄새가 풍겼다.

"널 위한 오트밀 죽과 직접 짠 오렌지 주스."

지나가 맞은편에 앉아 먹으라는 손짓을 했다. 지나가 끓인 오트밀 죽은 부드러우면서도 고소했다.

"맛없을 거라고 생각했지, 그치?"

내 마음을 읽은 듯 지나가 깔깔거렸다.

"딴 건 몰라도 요리는 꽤 해. 안 해서 그렇지. 암벽 등반도 잘 해. 서핑도 잘하고 그림도 잘 그리고."

지나는 내가 죽을 먹는 내내 옆에 앉아 떠들었다. 식사를 마치고 2층으로 올라가려는데 지나가 나를 현관 밖으로 끌고 나갔다. 마당 왼쪽에 하얀 파라솔이 있고 그 아래 흰 테이블과 의자 3개가 놓여 있었다.

"멋지지?"

뭐라고 말해야 할지 몰라 그대로 서 있었다. 지나는 내 손을 잡아끌더니 의자에 앉혔다. 고마웠다. 간호해준 것, 식사를 준비해준 것, 엄마가 쉴 수 있게 옆에 있어 준 것, 그리고 파라솔까지.

"야, 야, 그렇게 감동한 눈으로 보지 마. 이건 네 이웃, 화이트 아저씨 선물이야."

지나가 손가락으로 건너편 울타리를 가리켰다. 17호에게 별명까지 붙인 것을 보면 그새 꽤 친해진 모양이었다.

"고기랑 치즈도 이만큼 가져왔어."

양팔을 활짝 벌리고 서 있는 지나가 귀여워 픽 웃었다. 담 저편에서 쿠키의 짖는 소리와 17호의 목소리가 들렸다.

"화이트 아저씨, 건너오세요."

지나가 손나발을 만들어 소리쳤다.

"다 나았냐?"

"예!"

나는 벌떡 일어나 인사를 했다. 생각지 못한 일들이 연속적으로 일어나 제대로 된 판단을 할 수 없었다. 믿었던 사람은 날 속이고, 의심했던 사람은 날 간호하고 마음이 담긴 선물을 하다니. 뭐가 뭔지 모르겠다.

"아이고 웃겨. 깔깔깔깔. 아저씨, 얘 인사했어요, 담에다가."

지나 말에 쿠키가 17호 대신 대꾸했다. 담 저편에서 빙긋이 웃는 17호 얼굴이 자연스럽게 그려졌다.

"지나씨 참 좋은 사람 같아."

엄마가 내 뒷머리를 자르며 말했다.

집에 오자마자 내가 쓰러졌고 엄마가 정신을 못 차릴 때 놀러온 지나가 의사를 불렀단다. 지나는 이틀이나 우리와 함께 있었다.

"너보다 나이가 5살이나 많은데 왜 누나라고 안 불러?"

나이가 5살이나 많은데도 나이 차이를 못 느껴서. 어떤 때는 나보다 어린 것 같았으니까.

"엄마, 지나를 믿어?"

가위질이 멈췄다.

"글쎄. 넌? 하긴 믿는다는 거, 위험하지."

그랬다. 우리는 처음부터 둘이 아니었다. 사람들과 어울려 식사도 하고 놀러도 다녔다. 그런데 엄마가 무심코 한 말과 행동 때문에 시민관리국에 벌금을 내고 교정 교육을 받으며 우리는 둘이 되었다. 엄마는 사람을 만나면서 본심을 숨기는 것은 아무래도 못할 일이라고 했다.

1년 전에도 엄마는 일주일 동안 교정 교육을 받았다. 사마귀가 훈련을 한다며 며칠 동네를 무리지어 다닐 때였다. 지나가는 사람들에게 이유없이 총부리를 겨누기도 했다. 사람들은 빈 총이라도 총부리가 겨누어지면 벌벌 떨며 두려워했다.

"훈련을 하려면 시민들이 없는 곳에서 하지. 시민들 상대로 뭔 짓인지."

엄마가 이 말을 한 사람은 21호 아줌마뿐이었다. 21호 아줌마가 고발한 대가로 무엇을 받았는지는 모른다. 그 사건으로 21호 아줌마는 우리에게 아무것도 아닌 사람이 됐다. 우리가 그런다고 21호 아줌마가 어떤 상처를 받거나 하진 않겠지만. 요즘도 엄마는 출근 버스에서 21호 아줌마와 나란히 앉아 이야기를 나누며 간다.

나는 속마음을 나눌 친구가 있지만 엄마는 그럴 친구가 없다. 지나가 엄마의 친구가 되면 좋겠다. 엄마가 스펀지로 목과 귀 부근에 묻은 머리칼을 털어냈다.

"믿고 싶어, 지나. 어디 보자. 우와, 자알 생겼다!"

"그럼, 누구 아들인데!"

엄마 말에 맞장구를 친 뒤 화장실로 갔다. 머리에 물을 묻히고 샴푸를 찾는데 샴푸가 안 보였다.

"엄마, 샴푸!"

인기척이 없어서 머리에 수건을 둘둘 말고 밖으로 나오니 엄마가 통화 중이다.

"엄마, 샴……."

수화기를 든 엄마가 검지를 입에 가져다 댔다.

"예, 예. 알겠어요. 예, 그럴게요."

천천히 수화기를 내려놓던 엄마가 휘청거렸다.

"엄마!"

"괜찮아, 괜찮아!"

엄마의 몸이 떨렸다. 엄마는 조리대 서랍장에서 술병을 꺼내 입으로 가져갔다. 마시는 술보다 입가로 흘러내리는 술이 더 많았다. 무슨 일인지 물었지만 엄마는 대답하지 않았다.

"네가 없어서 얼마나 외로웠다고."

교실에 들어서자 삐딱이가 내 머리를 옆구리에 끼고 흔들었다.

"미투, 인마!"

똑같은 일상이다. 성실하게 학교에 다니고 좋은 성적을 거두고 군정에 입학하고 졸업해서 장교가 되고 룩스 시민이 되어 엄마와 함께 룩스에 살면 된다.

이안은 치밀하고 무서운 비밀경찰이지만 나를 군정에 보내 줄 사람이다. 집에서 쉬면서 내린 결론이다.

"굿뉴스. 알려줄까, 말까?"

삐딱이가 이런 말을 할 때는 적당히 오버하면서 맞장구를 쳐줘야 한다. 장난스럽게 양손을 모으고 비는 자세를 취했다.

"짜식, 이 형이 얘기할 테니까 잘 들어. 담임이……."

삐딱이가 갑자기 입을 다물었다. 설마, 내 예상이 맞을까.

"잘렸어. 아웃이라고 아웃. 크크큭!"

삐딱이가 야구 심판의 아웃 동작을 흉내 냈다. 담임이 그동안 학생한테 해온 폭력과 뇌물 문제로 시민관리국의 감사를 받고 잘 렸다.

"짜식, 운도 좋아. 오늘 새 담임 오는데 딱 맞춰 학교에 오고."

그제야 교실 분위기가 예전과 다른 것을 느꼈다. 회색에서 약간 노란색을 띠었다고나 할까. 공부를 잘하든 못하든 40명의 아이들 모두 기대에 차 있었다.

"야, 야, 온다! 여자다, 여자!"

뒷자리에서 어떤 아이가 소리쳤고 순간 아이들이 환호했다. 앞문으로 또각또각 구두 소리를 내며 들어선 주인공은 실망스럽게도 나이가 많은, 안 예쁜 쪽에 가까운 푸짐한 몸매의 여자 선생이었다.

"아까 '여자다'라고 소리친 학생 누구지요?"

어떤 감정도 느낄 수 없는 목소리였다. 아무도 나서지 않자 여자가 '풋' 하고 웃었고, 그 웃음 때문에 교실 분위기가 약간은 말랑해졌다.

"여러분의 새 담임, '강'이다. 앞으로 날 부를 때는 정확히 강선생님이라고 부르고 선생님에 대한 예의를 다하도록. 그리고 이말을 꼭 새겨듣기 바란다. 너희가 공부를 못하는 것은 너희 탓이 아니다. 그런 DNA를 물려주고는 방치한 너희 부모 문제다. 그러므로 그건 문제삼지 않겠다. 그러나 수업을 방해하는 쓰레기에게 베풀 관용은 없다. 쓰레기에게는 매가 약이다. 하지만 난 그런 쓰레기들에게 쓸데없이 힘을 쓰지 않아. 머리가 제대로 박혔다면 내 말이 무슨 뜻인 줄 알겠지?"

삐딱이는 어리둥절한 얼굴로 나를 돌아보고는 얼른 정면으로 고개를 돌렸다. 삐딱이의 삐딱한 머리가 제자리를 찾았다. 여기 저기서 아이들이 자세를 바로잡았다.

강은 말 몇 마디로 학생들을 제압했다. 막무가내로 아이들을 때리고 폭언을 일삼던 담임도 첫인사 때는 '우리 잘해 보자'고 했다. 사람과 똑 닮은 로봇이 교탁 위에 서 있다 해도 강보다는 더 인간적이지 않을까. 강이 이전 담임보다 더 나은 선생이 아닐 거라는데 내가 제일 아끼는 운동화를 걸고 내기를 할 수 있다.

02

소파에 온몸을 기댄 채 눈을 감고 있는 은발 노인이 엄마의 아버지, 나의 외할아버지다. 외할아버지의 감긴 눈이 열렸다. 갈색 눈동자가 불안하게 흔들렸다.

"엄마, 엄마!"

주방에 있던 엄마가 부리나케 달려왔다. 엄마는 소파 앞에 무릎을 세우고 앉아 외할아버지 손을 잡았다. 외할아버지는 엄마의 손을 뿌리치려고 했지만 엄마는 힘을 주고 버텼다.

"아버지, 나, 아버지 딸, 윤이. 윤이에요."

외할아버지 입이 벙긋 벌어졌다.

"맞아요. 윤이."

엄마 목소리가 젖어 있었다.

일주일 전, 몸을 가누지 못할 정도로 술을 마신 엄마는 한밤중에 일어나 청소를 했다. 안방, 내 방, 거실, 주방, 욕실에 이르기까지 한 곳도 빼놓지 않고 닥치는 대로 쓸고 닦았다. 그동안 아깝다고 버리지 않았던 낡은 냄비, 그릇, 옷, 내가 어려서 갖고 놀았던 장난감, 한 귀퉁이가 깨진 액자, 색이 바랜 커튼 같은 것들이 박스에 담겨 버려졌다. 거실 바닥에 내내 깔아두었던 낡은 카펫도 사라졌다. 날마다 마당에 빨래가 내걸렸다. 안방, 내 방 옷장에 있던 이불, 베갯잇이 빨랫줄에 내걸리던 날 안감을 댄 이불이 떠올랐다. 엄마가 그 이불을 보면 그냥 두지 않을 텐데, 그러면 엄마와 솔직하게 터놓고 말할 수 있을 텐데. 그런 일은 생기지 않았다.

어제 오후 7시 무렵, 시민관리국 소속 사마귀 두 마리가 왔다. 사마귀는 엄마한테 허락도 구하지 않고 집을 구석구석 수색했다. 부엌의 장식장까지 말이다.

옷장의 옷들 사이를 뒤질 때, 나는 그 어느 때보다 조마조마했다. 깃발 이불을 숨기기에 그곳이 가장 적절했기 때문이다.

내 방에 온 사마귀는 아래층에서처럼 방을 뒤지지 않았다. 눈으로만 살펴보더니 책장에서 책 한 권을 꺼내 들었다. 『세상에 없는 나라』. 지나가 선물한 책이었다. 그림책인데, 평화로운 나라에 욕심이 찾아오면서 사람들이 싸우고 결국 나라가 세상에서 사라졌다는 이야기다. 사마귀는 책상에 엉덩이를 걸치고 앉아 책을 읽었다.

"이 책 어디서 났니?"

책을 끝까지 읽은 사마귀가 자세를 바로 하며 물었다. 생긴 것만큼이나 목소리도 재수없었다.

"룩스 시민이 선물로……."

"이 책은 압수다!"

일부러 룩스 얘기를 꺼냈는데 예상과 다른 반응이 돌아왔다.

"왜요?"

"이 책, 금지 서적이다."

"그림책인데요?"

사마귀는 대꾸하지 않고 방을 나갔다. 긴장이 풀린 나는 침대에 그대로 드러누웠다. 깃발 이불이 들키지 않아 다행이었지만 압수당한 책이 아까웠다.

"망할 사마귀, 평생 사마귀나 해라. 두두두두두!"

손을 총 모양으로 만들어 천장에 총알을 날렸다. 군정만 졸업하면 사마귀쯤은 아무것도 아니다. 나를 보면 납작 엎드리면서 내 말 한 마디에 복종할 테지. 허리를 굽실거리며 내 눈치를 살필 사마귀를 생각하니 기분이 조금 나아졌다.

아래층에서 들리던 소리가 사라진 뒤에야 아래층으로 내려갔다. 주방에서 진한 커피 향이 풍겼다.

"냄새 좋지? 우유 한 잔 줄까?"

술 대신 커피를 마시는 엄마가 낯설어서 빤히 쳐다보았다.

"하하, 알아. 나도 이상해. 지나가 술 대신 마시라면서……."

그릇장 옆에 커다란 커피 봉지가 있었다.

'언니, 몸을 생각해서라도 술은 안 돼. 신이랑 오래오래 행복하게 알죠? 술 대신 커피!'

엄마가 술을 마실 때마다 엄마 뒤를 졸졸 따라다니며 잔소리를 하거나 술잔을 뺏아 홀랑 마셔버리던 지나가 눈에 선했다.

"왜 왔대?"

"우리 집에 뭐가 있는지 검사하러."

아주 오래 전에도 사마귀가 우리 집을 수색한 일이 있다. 그때는 우리 집뿐만 아니라 다른 집도 수시로 수색했다. 지금보다 훨씬 거칠었다. 물건을 압수하기도 했고 사람들을 때리고 붙잡아가기도 했다.

다행히 5년 전, 사마귀의 수색은 법으로 금지됐다. 시장 선거 후보자의 선거 공약이었는데, 그 사람이 당선되면서 고맙게도 공약을 지켰다. 그런데 왜, 또?

"외할아버지가 오셔. 외할아버지가 룩스 시민이라, 혹시 이 집에 위험한 물건이 없는지 검사하러 온 거야. 외할아버지는 엄마랑 사이도 안 좋고, 연락하기 힘들어서 잊고 살았는데……. 왜 이제껏 말을 안 했는지는 나중에, 얘기해 줄게. 아, 외할머니는 예전에 돌아가셨어. 외할아버지 계시는 동안 좋은 추억 많이 만들고, 즐겁게 해드리자. 외할아버지 소원이 요양원에 가기 전에 우릴 만나는 거라고 하셔서, 시민관리국에서 특별 승인을 받았다는데. 아주 좋은, 시민관리국이지? 땡큐, 땡큐! 정말 땡큐, 땡큐!"

한 손에 커피잔을 든 엄마는 천장을 바라보며 끊임없이 건배를 하며 땡큐를 외쳤다. 지나가 준 커피에 알코올 성분이 있는 것은 아닌지 의심이 들 정도였다.

토요일 아침 외할아버지가 왔다. 엄마는 외할아버지가 계시는 닷새 동안 회사에 무급 휴직계를 냈다.

우리 집 앞에 검정 롤스로이스가 섰다. 옆집 17호가 이사 올 때 처음 보고 이번이 두 번째다. 기사가 내려서 차문을 열자 은발에 무테 안경을 쓴, 작지만 단단한 체구의 남자가 내렸다. 외할아버지다.

"뭔 구경이 났다고 사람이 이렇게 많아? 이래서 못 사는 것들은, 쯧쯧. 안으로 들어가자!"

엄마와 나뿐인데도 외할아버지는 몰래 훔쳐보는 누군가를 향해 호통을 쳤다. 제멋대로이긴 해도 위엄 있는 말투였다.

외할아버지는 우리에게 인사도 않고 성큼성큼 열린 대문으로 들어갔다. 엄마가 외할아버지를 얼싸안고 우는 장면을 상상했던 나는 머쓱했다.

외할아버지는 거실 소파에 앉아서 눈으로 집 안을 구석구석 살폈다. 엄마가 주방으로 가서 차를 내왔지만 외할아버지는 거들떠보지 않았다. 긴 침묵 끝에야 외할아버지 눈길이 엄마에게로 향했다.

"꼴좋다, 쯧쯧."

외할아버지 말에 엄마는 웃음을 띤 채 차를 따랐다.

“신, 할아버지께 인사드려.”

거실 한 편에 뻘쭘히 서 있던 나는 외할아버지 앞으로 나섰다.

“안녕하세요? 할아버지.”

“변변하지 못한 어미랑 사느라 고생이 많다. 네 어미가 그 빌어먹을 자⋯⋯.”

“아버지!”

엄마 말에 외할아버지는 이내 말을 멈추고 혀를 찼다. 외할아버지가 왼손을 들자 어느새 들어온 기사가 커다란 상자를 외할아버지 발치에 놓았다. 상자는 모두 다섯 개였다.

“여기서는 구경도 못할 물건들이다.”

선물이었다. 하지만 엄마에게 무례하게 구는 외할아버지가 미운 마음에 상자를 열어 볼 마음이 안 났다. 나와 다르게 엄마는 신이 나서 꾸러미를 풀었다.

“맞아. 여기서는 이런 물건 구경도 못 하지. 안 그러니, 신?”

시원한 꽃무늬 원피스, 알이 큼직한 목걸이, 연예인들이나 들고 다닐 가방이 들었다. 내 선물로는 야구 저지와 모자, 야구공, 배트가 있었다. 야구 저지에는 유명 야구선수들의 사인이 한가득이었다. 삐딱이였다면 ‘우아’ 소리를 수십 번 지르며 기뻐할 만한 선물이었다. 그때 기사가 비닐에 싸인 자전거를 들고 다시 나타났다. 뜻밖의 선물에 할 말을 잃었다.

"어머, 어머! 안 그래도 자전거 한 대 있으면 좋겠다고 생각했는데……."

엄마가 자전거 비닐을 벗기며 반색했다. 누구나 보면 만져 보고 싶을 정도로 멋진 하늘색 자전거였다.

"고맙습니다!"

처음 보는 외할아버지가 나를 위해 선물을 준비했다는 사실만으로 충분히 고마웠다. 몇 년째 똑같은 옷을 입고 다니는 엄마한테 옷과 가방을 선물한 것도.

"뉘신데 나더러 고맙다고 합니까?"

놀란 나와 다르게 엄마는 외할아버지에게 미소를 지었다.

"아버지 손자잖아요, 신이."

엄마는 외할아버지 곁으로 다가가 손을 잡았다. 외할아버지는 정신이 나간, 그러니까 치매였다.

외할아버지는 엄마 말을 잘 듣는 온순한 아이로 변했다. 케이크를 통째로 먹은 외할아버지의 얼굴과 손을 닦느라 실랑이를 벌인 뒤 엄마와 나는 녹초가 됐다.

"지금은 기억을 잃는 시간이 적지만 곧 모든 기억을 잃게 되실 거야. 요양원에서 잘 지내셔야 하는데……."

엄마 눈길은 잠이 든 외할아버지한테서 떠날 줄 몰랐다.

"그건 엄마한테 직접 물어봐. 외할아버지는 룩스 시민인데 엄마는 왜 룩스 시민이 아니냐고."

엄마한테 물어보는 게 제일 빠르다는 걸 몰라서 지나에게 묻는 게 아니다. 엄마가 언젠가는 말해 주겠지만 궁금한 것은 나중이 아니라 지금이다.

"부모가 룩스 시민인데 딸이 시민권이 없다면 두 가지 경우야. 시민권을 박탈당했거나 반납했거나. 룩스의 정책이나 방향이 자신과 안 맞는다고 생각한 사람들이 시민권을 반납하고 다른 도시로 가기도 하거든."

"에엑, 거짓말!"

지나는 예상했다는 듯 양어깨를 으쓱거렸다.

"믿기 싫으면 믿지 마라, 뭐. 네가 보기엔 룩스가 좋지? 하지만 그런 사람들도 있어. 만약 그 경우가 아니라면 시민권을 박탈당한 경우지. 시민관리국에서 룩스의 안정이나 발전에 방해가 되는 사람들을 내쫓거든. 그 기준이 제멋대로긴 하지만."

엄마는 두 번째 경우일 게 확실했다. 아빠는 범죄자고, 범죄자 가족을 최고의 도시 룩스에 둘 수는 없었을 테니까. 만약 지나한테 아빠에 관해 말한다면 어떨까. 우리한테 베풀었던 모든 것들을 후회할까. 우리와 말을 섞은 것조차 불쾌하게 생각할까. 생각만으로 가슴이 답답해서 억지로 다른 생각을 끄집어냈다.

"근데 그거 진짜야? 시민권을 스스로 반납하기도 한다는 거."

"아, 쏘리 쏘리. 내가 거짓말을 종종 하긴 하지만 이 말은 진짜란다. 텔레비전이나 신문에서는 볼 수 없는 내용이지. 죽기 살기로 룩스에 들어오고 싶어서 안달인 사람들 얘기만 실으니까. 룩스에서는 누구나 잘 먹고 잘산다고 생각하지? 물론 다른 도시 사람들에게는 배부른 투정이겠지만 룩스에도 중심이 있어. 중심에 있는 사람은 그 자릴 지키려고 안간힘을 쓰고 주변부 사람들은 중심으로 들어가려고 치열한 전쟁을 벌이지. 행복지수가 생각처럼 높지 않아. 나야 그런 거랑 상관없이……. 매일 높아지는 빌딩이 가장 큰 문제지."

지나 얘기를 듣자 나는 스스로가 새삼 어리고 어리석다는 생각이 들었다. 룩스 시민이라면 당연히 자신이 가진 것에 무조건 감사하고 만족할 줄 알았다. 그곳에서까지 경쟁하고 싸울 줄이야. 룩스에서도 행복하지 않다면 우리는 왜 룩스를 부러워해야 할까.

지나가 의자에 몸을 한껏 기대고 고개를 뒤로 젖혔다. 고개를 뒤로 젖히지 않아도 푸르게 뻗은 하늘과 제멋대로 생긴 구름이 눈에 들어왔다.

"여긴 하늘이 눈에 다 담을 수 없을 만큼 펼쳐지잖아. 룩스는 건물 때문에 하늘이 조각나 보여. 언젠가는 그 건물이 도미노처럼 주르르 쓰러질지도 몰라."

"왜 그런 생각을……."

"놀러 가자, 친구야!"

갑자기 마당에 나타난 외할아버지가 내 팔을 잡아끌며 말했다. 외할아버지랑 어디를 가야 할까 생각하다 좋은 생각이 떠올랐다.

"할아버지, 우리 지나 집에 갈까요? 지나 집, 어때요?"

"좋아, 지나 집! 가자!"

지나가 난처한 표정을 지었지만 모른 체했다.

외할아버지를 뒤따라 나온 엄마가 만류했지만 나는 지나가 머물고 있는 집에 가보고 싶었다. 외할아버지가 지나 손을 붙잡고 대문으로 이끌자 지나가 결심한 듯 '출발!'이라고 소리쳤다.

집 앞에 외할아버지의 롤스로이스와 기사가 대기하고 있었지만 외할아버지가 딱정벌레처럼 생긴 지나 차를 고집했다. 그 바람에 우리 모두 작은 차에 몸을 구겨 넣었다.

지나는 숲길을 가로지르는 지름길 대신 시간이 걸리는 해안 도로로 방향을 틀었다. 외할아버지는 끝없이 펼쳐진 수평선을 바라보며 아이처럼 쉴 새 없이 소리를 지르며 웃어댔다. 엄마와 나도 열린 차창으로 몸을 내밀며 함께 소리쳤다.

03

해안 도로를 달려 왼쪽 숲길로 들어가자 영화에서나 볼 만한 성 같은 건물과 철문이 나타났다.

체격 좋은 남자가 문을 열어 주었고 지나는 문 안쪽에 차를 세웠다. 나랑 엄마, 외할아버지는 차문을 열고 내렸다.

"친구들이랑 같이 왔어요. 미리 말 안 해서 미안해요."

지나 말에 남자는 사람 좋게 웃으며 손을 좌우로 흔들었다. 집사라고 했다.

숲을 배경으로 한 3층짜리 하얀 집이었다. 꽃과 나무가 어우러진 정원 왼편에는 소녀상과 분수대가 있고 그 옆으로 바비큐 그릴, 커다란 테이블, 의자가 있었다. 3층 처마 밑에는 가느다란 띠처럼 유리창이 집 전체를 둘러싸고 있었는데 햇볕에 반사되어 반짝반짝 빛났다. 공주가 살 만한 집이었다. 물론 지나는 이상한 공주지만.

집 안으로 들어가자 넓은 거실이 보였다. 거실에는 고풍스러운 장식장과 기다란 탁자, 소파가 있고 적벽돌로 쌓아 올린 벽난로도 있었다. 엄마는 외할아버지를 부축해서 몸이 묻힐 정도로 큰 소파에 앉혔다. 집사가 쿠키와 주스를 탁자 위에 놓고 사라졌다.

"텔레비전 틀어 줘."

외할아버지 말에 지나가 텔레비전을 켰다. 엄청나게 큰 텔레비전이었다. 그때 장식장 위 액자들이 보였다. 가족사진 같았다. 장식장으로 다가가자, 지나가 서둘러 장식장 위 액자들을 챙겨 사라졌다. 도토리를 들고 도망가는 다람쥐처럼 재빨랐다. 당황스러웠다.

"애인 사진이 있었나 보네."

엄마 말에 기분이 더 상했다. 우리 집에 와서는 자기 집처럼 제멋대로 돌아다니고 화장실에 노크도 안 하고 들어와서 엉덩이 까고 있는 볼썽사나운 모습까지 봐 놓고서. 그깟 사진 좀 본다고 닳기라도 하나. 가슴이 부글부글 끓어오르는 나와 달리 외할아버지는 텔레비전에서 나오는 노래를 듣고 박수를 치며 즐거워했다. 엄마는 외할아버지 옆에 앉아 함께 텔레비전을 봤다.

"저기 내 방 구경 안 할래?"

언제 왔는지 지나가 손가락으로 내 등을 쿡 찔렀다. 잘못을 저질렀을 때 어쩔 줄 몰라 하는 삐딱이 모습이랑 닮았다. 내가 자리에서 일어서자 지나 얼굴이 환해졌다. 거실 뒤편에 있는 계단을 올라가자 기다란 복도가 나타났는데 복도 양옆으로 그림이 즐비했다. 갓난아기를 안은 여자와 여자의 어깨를 감싸 안은 중절모를 쓴 남자가 있는 그림 앞에 잠시 멈췄다.

"부모님이야?"

"응. 엄마가 그린 거야. 꿈이 화가였는데 아빠랑 결혼하는 바람에 주부가 됐어. 그림을 그렸다면 좋은 그림을 많이 그렸을 텐데. 우리 엄마, 요리도 잘했어. 요리하는 모습이 꼭 춤추는 것처럼 보였는데……. 그 모습이 너무 예뻐서 엄마한테 이것저것 먹고 싶다고 했어. 열 살 때……."

복도 끝에 다다르자 지나가 문을 열었다. 푸르고 진한 녹색의 바다가 방에 밀려들어 올 것처럼 생생했다.

"우와, 좋다!"

정말 좋았다. 내가 지나라면 다른 집에서는 절대 못 살 것 같았다. 엄마 방과 내 방을 합친 것보다 더 큰 지나 방에는 테라스도 있었다. 텔레비전, 컴퓨터, 푹신해 보이는 침대, 고급스러운 옷장과 책장까지. 지나는 상상 이상으로 더 잘 살았다.

그런 지나가 나를 간호하느라 우리 집에서 며칠을 보내다니. 얼마나 불편했을까를 생각하니, 새삼 미안하고 고마웠다.

"애걔걔, 시시해!"

나는 창가 소파에 몸을 날리다시피 하며 앉았다.

"너, 너어!"

지나가 그제야 내 말뜻을 알아차리고 웃었다. 이를 드러내고 환하게 웃는데 그 웃음이 푸른 바다와 잘 어울렸다.

"내가 네 가슴에 상처를 냈구나, 미안."

지나가 장난스럽게 내 머리칼을 마구 흩뜨렸다.

"신, 네 꿈은 뭐야?"

잘 먹고 잘사는 것, 룩스 시민이 되는 것이라고 말하면 이번에야 말로 지나는 '시시해!'라고 말할 거다.

"때르르릉."

전화벨 소리였다. 지나는 방 안 곳곳을 살폈다. 벨 소리는 문 옆에서 났다. 내가 손짓으로 문 옆 5단 서랍장을 가리키자 지나가 맨 위 서랍장을 열었다.

"찾았다!"

지나가 가늘고 작은 휴대 전화를 흔들어 보였다. 지나는 휴대 전화를 들고 '잠깐만!'이라고 말하고는 방에서 나갔다.

지나에게 휴대 전화가 있었다. 지나가 나와 아주 다른 계급이라는 사실을 다시 깨달았다. 우리 동네에 휴대 전화가 있는 사람은 센터장이나 사마귀뿐이다. 학교에서는 선생들뿐이고. 돈이 아무리 많아도 우리 도시에서는 허락을 받아야 사용할 수 있는 휴대 전화를 룩스 사람들은 그냥 사용한다. 왜 그럴까 하는 의문이 처음으로 들었다.

지나가 나간 방은 조용했다. 내 방과 마찬가지로 지나의 방에도 흔한 연예인 사진 한 장 없었다. 벽에 붙은 것이라고는 지나 엄마로 보이는 초상화 한 점뿐이었다. 통화가 길어지는지 지나는 바로 돌아오지 않았다.

테라스로 나가 바다를 보다 문득 돌아봤는데, 지나가 휴대 전화를 찾으며 열어놓은 서랍이 눈에 들어왔다. 어수선한 모양새가 거슬려 서랍장을 닫았다.

그때 서랍장 바닥에 삐쭉 나온 것이 보였다. 액자였다. 거실 장식장에 있던 액자를 숨겨 둔 모양이었다. 손바닥만한 액자에는 어색하게 브이 자를 그린 어린 지나, 엄마 품에 안긴 채 햇볕 때문인지 한쪽 눈을 찡그린 지나가 있었다. 그런데 한 액자에 지금의 지나와 가장 비슷한 지나가 있었다. 활짝 웃으며 어떤 사람의 어깨를 장난스럽게 껴안고. 손에서 액자가 미끄러져 내렸다. 빅이다. '미스터 빅마우스'의 빅. 머리에 수많은 물음표가 엉키며 길을 잃었다.

"빅 애인이 도시마다 한 명씩 있대."

삐딱이 말이 환청처럼 들렸다. 나는 액자를 원래 있던 곳에 놓아두고 일어났다. '지나는 빅의 여자다'라는 글자가 머리에 박혔다. 누군가에게 명치를 맞은 것처럼 숨쉬기가 힘들었다. 두 손으로 가슴을 움켜쥔 채 마냥 그대로 서 있었다.

"미안. 어!"

들어서던 지나가 놀란 얼굴로 나를 쳐다봤다.

"왜 그래? 어디 아파?"

"……."

"…… 울고 있잖아."

그제서야 내 눈에서 눈물이 흐르는 것을 알았다. 창피해서 얼른 손바닥으로 눈물을 훔쳤지만 눈물은 멈추지 않았다.

"아, 왜 이러지? 이상해."

지나는 아무것도 묻지 않고 내 손에 휴지를 쥐여 주더니 방을 나갔다. 나는 속수무책으로 흘러내리는 눈물 때문에 주인 없는 방에 한참을 더 있었다.

눈물도, 마음도 가라앉힌 뒤 1층으로 내려갔다. 외할아버지와 정원을 산책하고 식사를 했다. 집으로 돌아올 때도 우리는 지나가 모는 차를 타고 돌아왔다. 해안 도로를 달리며 지나는 쉴 새 없이 깔깔거리며 웃고 떠들었다. 자기 방에서 내가 운 사실을 까맣게 모르는 것처럼 행동하는 지나가 고마우면서도 서운했다.

대문 앞에 차가 서자마자 나는 총알 튀듯 차문을 열고 집으로 뛰어들어갔다. 뒤에서 엄마가 부르는 소리가 들렸지만 돌아보지 않았다. 방으로 들어온 나는 불도 켜지 않고 그냥 그대로 침대에 드러누웠다. 내 마음을 어떻게 해야 할지 몰랐다.

잠시 뒤 노크 소리가 들리고 엄마가 들어왔다.

"신, 지나랑 무슨 일 있었어? 인사도 안 하고 쌩하니 들어오고. 지나가 할아버지랑 먹으라고……."

"엄마, 우리가 거지야? 왜 자꾸 뭘 받아? 그 계집애는 우리가 우습대? 거지한테 적선하는 거야, 뭐야?"

미쳤나 보다. 마음에도 없는 헛소리가 쏟아져 나왔다. 엄마는 놀랐는지 아무 말도 않고 서 있었다.

"이 자식이, 어디 엄마한테 소리를 지르고 그래? 내가 그랬잖아. 자식 키워봤자 소용없다고. 네 어미가 널 위해 어떤 고생을 하며 살았는데? 자식이라는 놈이 엄마 고생한 것 백 분의 일이라도 알면 어떻게 이래? 고얀 놈!"

난데없이 외할아버지가 끼어들더니 내 등짝을 두들겨 팼다. 엄마가 외할아버지 팔을 붙잡고 말렸지만 외할아버지는 멈추지 않았다. 맞아서 아프기보다 시원했다.

내가 지나를 좋아하는구나. 아니 그냥 좋아하는 게 아니라 사랑하는구나. 어떻게, 왜인지는 모르지만 지나가 빅과 껴안고 찍은 사진 한 장이 나를 아프게 했다. 사랑을 하면 즐겁고 행복할 줄 알았는데 아니었다. 생각지 못한 감정이 온몸을 돌아다니며 가시처럼 찔러댔다. 아프고 따갑고 쓰려서 어떻게 해야 할지 몰랐다.

밤새 뒤척이다 밖으로 나갔다. 안방에 불빛이 새어 나와서 문을 살짝 열었더니 엄마가 외할아버지를 돌보고 있었다.

깐깐하고 고집불통인 첫인상과 달리 잠든 외할아버지 모습은 어린애 같았다. 잘 삐지고 잘 웃고 잘 떠들고 잘 울었다. 가족인데 왜 연락도 안하고 살았을까. 문을 닫았다.

현관문을 열자 차가운 새벽 공기가 나를 맞았다. 조금 있으면 해가 뜨고, 별다를 것 없는 하루가 다시 시작되겠지. 양다리를 벌리고 팔을 치켜 올린 채 몸을 한껏 뒤로 젖혔다.

"미친놈, 달밤에 체조하냐?"

나는 얼른 손으로 입을 막았다. 안 그랬다간 동네 사람들을 모두 깨웠을지도 모른다. 울타리 너머로 17호 얼굴이 불쑥 나와 있었다. 외할아버지가 온 뒤 한동안 얼굴을 본 기억이 없다.

"아이 씨, 정말. 제발 그렇게 들여다보지 말아요, 쫌."

짜증이 나서 말투가 거칠었다.

"인기척이 나길래. 귀찮아도 걱정이 돼서 들여다봤더니 고맙다는 소리는 않고. 여튼 대문 앞으로 나와."

나는 최대한 어기적거리며 대문을 열었다. 문을 열자마자 17호가 왼쪽 귀를 잡아당겼다.

"이 녀석이, 어디서? 아이 씨? 내가 네 친구냐?"

"아, 아아!"

소리가 컸던지 17호가 내 귀를 놓아주었다. 귀가 얼얼했다.

"혼내려고 나오라고 한 거예요?"

"얼씨구, 내가 그렇게 할 일 없는 사람 같냐? 자."

얼떨결에 내민 것을 받고 보니 쿠키 목줄이다. 17호 뒤에 있던 쿠키는 '끙' 소리를 내며 17호의 행동을 지켜보고 있었다.

"일이 있어서 그러는데, 한 사흘만 데리고 있어."

"아, 내가 왜요?"

17호가 이마에 알밤을 먹였다.

"알바 하라고, 이 녀석아. 하루에 2시간 산책시키고. 사료는 저번에 네 집에 갔을 때 들고 간 거 있으니까 그러면 충분할 게야. 어시장 가서 일하는 것보다는 훨씬 나을 거다."

17호는 자기 할 말만 한 체 반대편으로 몸을 돌렸다. 쿠키가 따라가려 했지만 "쿠키, 동생이랑 잘 지내."라는 17호 말에 제자리에 멈췄다.

어둠이 물러나는 거리 속으로 17호가 사라지고 나서야 정신이 들었다. 17호는 내가 어시장에서 아르바이트하는 것을 어떻게 알았을까. 17호가 비밀경찰이라면 쿠키는 비밀경찰이 키우는 개다. 나는 쿠키와 눈높이를 맞추기 위해 쪼그리고 앉았다.

"쿠키, 네 주인 말이야. 17호?"

17호가 사라진 곳을 묵묵히 바라보던 쿠키가 그제야 내 쪽으로 고개를 돌렸다.

"비밀경찰, 맞지? 맞으면 고개를 끄덕여 봐."

내 말에 대꾸할 필요를 못 느낀 듯 쿠키는 우리 집 대문 안으로 들어갔다.

04

아침을 먹는데 초인종이 울렸다. 초인종 소리를 들은 외할아버지가 고함을 지르며 들고 있던 숟가락과 포크를 집어던졌다. 엄마가 외할아버지를 진정시키는 사이 얼른 가서 대문을 열었다. 대문 앞에는 키가 크고 얼굴이 허여멀건한 남자가 서 있었다. 눈 옆에 흉터가 있어서 날카로워 보였다.

"누구세요?"

"여기 송 교수님 계시지? 난 교수님 제자란다."

남자는 허락도 구하지 않고 열린 대문 사이로 들어왔다.

"외할아버지가 편찮으셔서 엄마가 많이 슬프시겠다. 나도 마음이 안 좋아. 요양원 가시기 전에 얼굴이라도 뵈려고 아침 일찍 왔다."

조금이라도 빨리 만나고 싶은지 남자는 급하게 외할아버지를 찾았다.

외할아버지는 소파에 앉아 있었다. 외할아버지 얼굴을 수건으로 닦고 있던 엄마가 남자를 보더니 일어났다.

"누구?"

"아, 저는 송 교수님 제자 로이라고 합니다. 오셨다는 소식 듣고 꼭 한번 뵙고 싶어서 찾아왔어요."

남자는 외할아버지 맞은편에 서서 고개 숙여 인사를 했다.

"교수님, 저 로이입니다. 아시, 겠어요?"

로이의 목소리가 조금 떨렸다. 로이가 외할아버지 맞은편 소파에 앉자 나도 그 옆에 앉았다. 엄마는 외할아버지의 옷매무새를 단정하게 한 뒤 로이와 눈을 맞추며 고개를 까닥였다.

"뭐 마실 거라도?"

"아, 아닙니다. 식사하고 왔어요."

로이는 재킷 안 호주머니에서 작은 병을 꺼냈다.

"이거 교수님이 좋아하시던 술이에요. 예전에 함께 술을 마시며 수업도 하고 했는데."

연극 무대 위의 배우처럼 로이는 혼자 떠들었다. 로이가 술병을 손에 쥐어 주자 외할아버지는 그제야 로이를 아는 체했다.

"역시, 제정신으로 살기 힘들지. 고맙네."

외할아버지 정신이 다시 제자리를 찾았다.

"지금도 글 쓰나? 글은 무기보다 강하다는데, 자네가 쓰는 글은 강력한 쓰레기였지, 그렇지 않나?"

"하하하핫, 여전하시네요. 맞습니다. 제 글이 그렇지요, 뭐."

외할아버지의 날이 선 말에도 로이는 웃으며 부드럽게 넘겼다. 로이가 외할아버지의 제자인 것은 사실 같았다. 엄마는 외할아버지를 찾아온 손님을 대접하기 위해 주방으로 갔다.

"뭐하러 왔나? 어차피 쓰지도 않을 거면서. 난 아무것도 없는 사람이야. 갈 날은 다가오고 빈 껍질만 남았어, 빈 껍질만."

처음에는 외할아버지가 로이와 대화를 나누는 줄 알았다. 그런데 어느 순간부터 대화가 아니라 외할아버지 혼자 떠드는 것임을 깨달았다. 외할아버지 기억은 어느 한 시점에 머물고 있었다.

"말도 안 돼. 어떻게, 그렇게까지 할 줄은 몰랐어. 진짜야. 너무 두려웠어. 누구에게도 말할 수 없었어. 그게 언제나 내 가슴에, 커다란 돌처럼 얹혀 날 짓눌렀지. 그래도 견뎌야 했어."

외할아버지는 진짜 가슴에 돌이라도 얹힌 것처럼 숨을 가쁘게 쉬었다. 나는 얼른 물을 가져다주었다.

"제3지대 원자력 폭발 말씀하시는 거죠? 조금만 더 자세히."

"나쁜 놈! 이 나쁜 놈!"

외할아버지가 컵의 물을 로이 얼굴에 뿌렸다. 로이가 벌떡 일어났다. 외할아버지는 온갖 욕을 퍼부었다. 주방에서 달려온 엄마가 외할아버지를 진정시키려 했지만 쉽지 않았다. 로이는 인상 하나 쓰지 않고 수건으로 얼굴을 닦았다.

"괜찮습니다. 괜찮아요. 학교 다닐 때도 공부 제대로 안 하면 온갖 욕이 날아왔어요. 그때나 지금이나 여전하시네요."

로이가 미소를 지으며 외할아버지에게 다가가는데 현관문이 벌컥 열렸다. 사마귀 두 마리였다. 예상치 못한 방문에 모두 놀라 제자리에 서 있었다. 우리를 다시 움직이게 한 사람은 외할아버지였다.

"이 나쁜 새끼들!"

외할아버지가 사마귀들에게 달려들었다. 엄마가 달려가고 나도 가려는데, 로이가 내 손을 거칠게 붙잡았다. 손을 뿌리치자 로이가 더 강한 힘으로 잡더니 내 손에 뭔가를 쥐어 줬다. 길쭉한 만년필이었는데, 본능적으로 중요한 물건인 것을 알았다.

"아오 씨이!"

로이는 어느새 현관 쪽에서 사마귀들의 시선을 막고 있었다. 깃발을 들키면 안 되는 것처럼 만년필 역시 들키면 안 된다는 생각에 얼른 소파 쿠션 밑에 밀어넣었다.

사마귀가 엉켜 있는 외할아버지 쪽으로 내가 뛰어들기 전에 몸싸움은 멈췄다. 엄마가 외할아버지의 관심을 아이스크림으로 돌린 것이다. 사마귀의 방문 목적은 로이한테 있었다.

"왜 왔냐고요? 은사님 뵈러 왔죠. 소식을 들으니 치매시라고. 교수님이 요양원 가시면 뵙기 힘드니까 마지막으로 뵈러 왔어요. 그것도 죄가 됩니까? 내 원 참."

외할아버지가 막무가내로 휘두른 지팡이에 얼굴을 맞은 로이는 많이 아픈지 인상을 찌푸리며 짜증을 냈다.

"소식은 어떻게 알았습니까?"

"모교 소식지요. 누가 결혼했다, 누가 장관됐다, 누가 신기술을 발견했다 그런 내용이 주르륵 실려 있죠. '송 교수님 은퇴'라고 실렸기에 은퇴식을 하자고 동기들에게 전화했더니 누가 요양원에 가신다고 하더군요. 그러다 송 교수님 따님 생각이 나서 찾아온 거예요."

사마귀의 질문은 짧고 로이의 답변은 길었다. 로이의 해명에도 사마귀는 경찰서에서 진술서를 써야 한다며 끌고 갔다. 사마귀와 문을 나서기 전, 로이는 나를 보며 한쪽 눈을 찡긋했다.

"교수님, 다 잊고 편히 지내세요. 모두 그렇게 삽니다. 둥글게 둥글게요!"

한바탕 소동을 치르고 외할아버지는 소파에 누워 잠이 들었다.

"좋은 꿈이라도 꾸시나 봐."

입술 양끝이 살짝 올라간 얼굴이 어느 때보다 편해 보였다.

"엄마, 외할아버지가 교수셨어?"

"교수도 하시고 연구소도 운영하셨어."

외할아버지가 룩스 교수라면 자랑할만 한데 왜 말하지 않았는지, 왜 엄마는 룩스 시민이 아니라 웰컴 시민인지, 아버지가 반란군이어서 엄마가 룩스에서 쫓겨난 것인지 묻고 싶었다. 하지만 외할아버지가 계시는 동안은 엄마를 힘들게 하고 싶지 않았다.

"아까 그 시끄러운 로인가 뭔가는 괜찮을까?"

생각과 다르게 엉뚱한 질문이 나왔다.

"괜찮을 거야. 시티 타임스 기자니까."

로이가 시티 타임스 기자라니. 시티 타임스는 우리나라 최고의 신문사다. 시티 타임스 기자 역시 아이들이 꿈꾸는 직업 중 하나다. 사마귀가 나타나도 놀라거나 당황하지 않던 로이가 비로소 이해가 됐다. 사마귀라고 해도 시티 타임스 기자를 함부로 할 수는 없으니까 말이다.

"엄마는 로이가 시티 타임스 기자인 걸 어떻게 알아?"

"신문에 나오잖아."

난 왜 엄마가 이제껏 신문도 안 읽는 사람이라고 생각했을까. 언제부터인가 내가 기억하는 엄마는 무표정한 얼굴로 밥하고 일하고 술 마시다 잠든 모습이 다였다. 그랬던 엄마가 요즘 들어 달라졌다. 웃고 즐거워하고 사람들과 스스럼없이 얘기를 나눈다.

"멀고 먼 옛날, 작은 집에 웃음이 많은 가족이 살았어요. 그 가족은 웃음소리도 특별했답니다."

엄마는 외할아버지 옆에서 작은 소리로 책을 읽었다. 나는 발소리를 죽인 채 2층으로 올라갔다. 물론 소파 밑에 숨겨 놓은 만년필은 사마귀가 사라지자 곧바로 바지 호주머니에 챙겼다.

만년필은 그냥 필기도구가 아니었다. 녹음기였다. 로이는 우리 집에 들어오면서부터 녹음을 했을까. 나는 로이를 만나서부터 로이가 외할아버지와 나눈 대화 내용을 떠올렸다. 기억할 만한 대화 내용은 없었다. 외할아버지와의 대화 내용만 있었다면 굳이 만년필을 숨길 필요까지는 없었다. 그렇다면 중요한 내용이 만년필에 있다는 건데, 도대체 어떤 내용이기에 로이는 사마귀가 들어오자마자 나한테 만년필을 줬을까. 내가 만약 만년필을 사마귀한테 줬다면 어떻게 됐을까.

나는 몇 번이나 만년필을 만지작거렸다. 문제는 이 만년필이 녹음기라는 것은 알아도 어떻게 해야 녹음 내용을 들을 수 있는지는 모른다는 사실이다. 몇 번이나 만년필을 꼼꼼히 살펴보며 만년필에 붙은 버튼을 누를까 말까 고민했지만 포기했다. 혹시 버튼을 잘못 누르면 이전 녹음 내용이 사라질 수도 있으니까. 그중에 로이가 사마귀한테 들키고 싶지 않은 중요한 내용이 있을 테니까 말이다. 나는 만년필을 책상 서랍 속에 넣었다.

베개를 들고 안방으로 가자 엄마는 바닥에 이불을 폈다. 침대에 누웠던 외할아버지가 한사코 바닥으로 내려와 눕는 바람에 엄마와 나는 침대를 최대한 벽에 붙였다. 어쩔 수 없이 나는 침대 아래에 몸을 구겨 넣고 고개만 밖으로 나온 상태가 됐다.

엄마는 외할아버지가 주무실 때까지 이야기를 나눴다. 어렸을 때 외할아버지가 예쁜 옷을 사줬는데 다른 아이들이 부러워했다는 이야기, 대학교에 합격했을 때 외할아버지가 너무 좋아해서

자랑스러웠다는 이야기, 외할아버지가 술을 지나치게 좋아해서
외할머니가 뺏어 마셨던 이야기 등등.

엄마 이야기를 들으면서 맞장구치던 외할아버지는 갑자기 기
억이 사라졌다. 벌떡 일어나더니 집에 가겠다고 난리를 쳤고 엄
마를 보고 "누구냐?"고 묻더니 방 안을 뱅뱅 돌았다. 그러다 외
할아버지가 갖고 온 여행용 가방을 찾았다. 엄마가 베란다에 뒀
던 가방을 가져오자 외할아버지는 가방을 열고 가방에 들었던 옷
을 죄다 끄집어냈다. 엄마는 외할아버지가 끄집어낸 옷을 하나하
나 차곡차곡 개었다.

"찾았다!"

야구공을 꺼낸 외할아버지는 야구공을 손바닥으로 몇 번이나
쓰다듬었다. 곳곳에 실밥이 터져 있고 색은 누렇게 바랜, 오래된
공이었다.

"이걸 아직 갖고 계셨어요?"

엄마가 아는 야구공이었다. 동네에 유명 야구선수가 살았는데
우연히 만난 엄마가 사인을 받은 뒤 외할아버지한테 선물했다고
한다.

"20년이 지났는데……."

엄마 눈에서 눈물이 흘러내렸다. 엄마가 눈물을 흘리자 외할아
버지가 이불자락으로 엄마 얼굴을 닦았다.

"울지 마! 우는 거 싫어."

"예."

외할아버지 걱정을 덜려는 듯 엄마가 웃으며 대답했다.

외할아버지는 계속 이불로 엄마 얼굴에서 눈물이 흘러내릴 때마다 닦았고, 엄마는 울면서 웃었다.

엄마와 외할아버지의 정다운 모습을 보며 잠이 들었다가 도란도란 얘기 소리에 잠이 깼다.

"잘 살아라, 윤아."

"예."

"산다는 게 참 쉽지 않아. 위대한 일이지. 이때껏 잘 견뎠겠지만, 앞으로도 잘 견뎌라. 내 걱정은 하지 말고. 나쁜 새끼들, 룩스에서 여기 한 번 오는 데 얼마를 요구하던지. 아, 걱정 마라. 다행히 룩스에서 제일 좋은 요양원에 갈 돈은 미리 냈으니까. 내가 보낸 그림은 잘 가지고 있지? 너무 힘들게 살지 말고 필요할 때 팔아서 애 필요한 것도 사고 너 맛있는 것도 사 먹고. 그 사람 덕분에 네 소식은 가끔 잘 듣고 있었다."

그림 얘기에 이어진 얘기가 밀려오던 잠을 쫓았다. 내가 아는 한 우리 집에 그림이라고는 있어 본 적이 없다. 또 외할아버지한테 엄마 소식을 전해 준 사람이 있다는 건데 누군지 전혀 감을 잡을 수 없었다. 외할아버지 말에서 작은 실마리라도 잡고 싶었지만 그다음 이어진 외할아버지의 말은 별 내용이 없었다. 간간이 대꾸하는 잠긴 엄마 목소리를 들으며 떠날 때까지 외할아버지 기억이 사라지지 않기만을 바랐다.

아침 식사 내내 외할아버지는 정신없이 떠들었다.

"조금 있으면 내 부하가 올 거야. 그때 황금을 주도록 하지. 집이 너무 작아서 불편하기는 했지만 그래도 식사는 먹을 만했어. 주인아주머니 솜씨가 괜찮군."

외할아버지는 엄마가 새벽부터 일어나 만든 음식을 그릇째 싹싹 비웠다. 외할아버지는 엄마가 마련한 푸른 셔츠에 회색 멜빵바지를 입고 있었다. 엄마랑 나랑 함께 가죽으로 만든 나비 매듭이 외할아버지 목에서 흔들리고 있었다.

엄마는 숟가락도 들지 않았다. 나 역시 내키지 않았지만 천천히 먹었다. 내내 외할아버지를 따라다니는 엄마의 얼굴이 안쓰럽기만 했다. 식사를 마치고 후식으로 호두 아이스크림을 먹었다.

"고급이 뭐든 좋은데 말이야, 아이스크림은 싸구려가 더 맛있더라고. 왜 그런지 모르겠어?"

"엄마도, 나도 좋아했으니까요."

"아가씨도 이 아이스크림 좋아해요? 같이 나눠 먹어요."

외할아버지가 엄마 앞으로 아이스크림 그릇을 내밀었다.

"정말, 맛있네요."

엄마 말에 외할아버지는 다시 아이스크림 그릇을 자기 앞으로 가져간 채 누가 뺏어 먹을세라 급하게 먹었다. 숟가락을 놓자마자 외할아버지가 안방으로 들어가더니 다시 나왔다.

"이거, 이거."

외할아버지가 야구공을 내게 내밀었다. 엄마가 외할아버지한테 한 선물을 내가 받아도 될지 몰라 엄마를 보았다.

"너한테 주고 싶으신가 보다. 받아."

"고맙습니다!"

난 두 손으로 외할아버지가 내민 야구공을 받았다. 유명했던 야구선수의 사인은 뭉개져서 알아보기 힘들었다.

"누구 주지 말고 잘 가지고 있어, 꼭."

외할아버지가 어린아이처럼 새끼손가락을 내밀었다.

"예."

내가 새끼손가락을 걸자 외할아버지가 박수를 치며 좋아했다.

시간이 조금씩 흘러가고 초인종이 울렸다. 아마 외할아버지를 데리러 온 기사 같았다.

"신, 엄마 말 잘 듣고 건강해라. 할아버지가 늘 응원하마!"

외할아버지가 귓가에 대고 빠르게 말했다. 내 이름을, 외할아버지가 처음으로 불렀다. 기쁘면서도 슬펐다. 외할아버지한테 뭐라고 말해야 하나 고민하는데, 기사와 사마귀가 들어왔다.

"으흐흐흐, 내 친구 왔구나, 내 친구."

순간 외할아버지가 치매에 걸린 건지, 치매에 걸린 연기를 하는 건지 헷갈렸다. 사마귀는 외할아버지를 향해 고개를 까닥거리고는 현관 입구에 서 있었다.

"아버지, 이제 가셔야 해요. 건강 잘 챙기세요!"

엄마가 외할아버지 손을 잡았다. 외할아버지는 말 대신 고개를 끄덕이더니 엄마 손을 잡고 나머지 한 손으로 토닥거렸다.

"여기 너무 좁아. 불편해. 빨리 가자!"

처음 왔을 때처럼 위엄 있는 목소리였다. 엄마와 나는 현관을 나서는 외할아버지 뒤를 따라나섰다.

"컹컹."

마당에서 쿠키가 두 발을 든 채 껑충 뛰어왔다. 외할아버지는 걸음을 멈추고 쿠키 등을 쓰다듬었다. 외할아버지가 쿠키 귀에 대고 무슨 말을 속삭였다. 입 모양으로 봐서는 '잘 지내라'는 것 같았다.

외할아버지가 탄 차가 안 보일 때까지 엄마와 나, 쿠키는 길가에 서 있었다. 자동차가 사라진 거리를 한참 바라보던 엄마 눈이 벌겠다. 나는 엄마 손을 꼭 잡았다. 엄마는 외할아버지와의 이별이 슬프겠지만 나는 별로 슬프지 않아서 미안했다. 단지 엄마가 슬퍼서 슬프다고나 할까. 세상에 있는 줄도 몰랐던 외할아버지에게서 사랑을 느끼기에 닷새는 너무 짧았다. 그렇지만 외할아버지가 내 이름을 불렀을 때 '사랑한다'는 말을 했다면 좋았겠다는 아쉬움이 들었다.

"들어가자."

엄마는 출근 준비를 하고 나는 학교에 갈 준비를 했다.

"엄마, 잘 다녀와요."

내 말에 엄마가 씨익 웃고는 출근했다. 오늘 엄마는 술이 담긴 물통을 챙기지 않았다.

"세상에는 언제나 승자와 패자가 존재한다. 그런데 승자와 패자 사이엔 수많은 사람들이 층을 이루고 있다. 패스트리에 수십, 수백 개의 층이 있는 것처럼 말이다. 장담하지. 너는 승자 쪽에 설 거야. 세상이 문제가 많네 어쩌네, 불평등하네 어쩌네 하는 사람들은 이미 패자라는 걸 증명하는 거다. 승자는 세상에 대해 그런 얘기를 하지 않아. 묵묵히 승자의 방식을 따르지. 넌 군사정보학교 예비 학생이다. 예비라고 하지만 이미 네 몸과 생각은 모두 나라에 바칠 각오가 돼 있다고 믿는다."

군정 후보생에서 예비 학생으로 신분이 올라간 뒤 나는 일주일에 한 번 상담실에서 이안을 만났다. 군정 입학을 위한 정신 교육이라는데 교육으로 정신을 바꿀 수 있는지 모르겠다. 스스로 이해하거나 깨닫지 못하는데 말이다. 이안이 늘어놓는 알 수 없는 이야기를 종합하면 군정은 내 생각 이상으로 거대한 조직인 것만은 분명했다.

이안은 비싼 초콜릿이라며 초콜릿을 주고는 했는데, 이미 지나가 준 최고급 초콜릿을 맛본 뒤라서 그런지 이안의 초콜릿에서는 제대로 된 초콜릿 맛을 느낄 수 없었다.

"무엇보다 룩스 시민이 될 수 있다는 게 최고의 영광이라고 할 수 있어. 돈이 있어도 살 수 없는 것이 바로 룩스 시민권이라는 것은 너도 잘 알지? 군정은 밥벌레처럼 살아갈 시민들에게 나라에서 주는 최고의 기회라고 할 수 있지, 암!"

홈페이지에 왜 그런 내용이 없느냐고 묻자 이안은 공식화하면 학생 선발에 온갖 편법이 동원될 가능성이 크기 때문이라고 했다. 룩스를 제외한 다른 도시에서 돈을 받고 추천을 의뢰하거나 고위 관리의 청탁으로 공정한 선발이 어려워진다는 것이다.

나도 모르는 사이에 친근하게 느꼈던 이안의 가늘고 긴 눈이 뱀의 눈처럼 교활해 보였다. 열정적이라고 느꼈던 말투는 끔찍하게 싫어했던 예전 담임 말투 같았다.

"요즘 어떻게 지냈니?"

생각을 급하게 갈무리했다. 이안이라면 외할아버지가 다녀간 것을 이미 알고 있지 않을까.

"외할아버지가 요양원에 가시기 전에 오셨어요. 치매에 걸려서 엄마가 많이 슬퍼했어요. 오늘 가셨는데, 엄마가 많이 힘들까 봐 걱정이 돼요."

"마음이 안 좋겠구나!"

"처음 보는 외할아버지라서요. 잘 모르겠어요."

나는 솔직히 말했다. 다른 사람이라면 몰라도 이안에게 말할 때는 거짓말을 하느니 차라리 말을 안 하는 게 낫다.

"외할아버지가 어떤 사람인지는 알고 있니?"

이안이 나보다 외할아버지에 대해 더 많이 알 것이라는 확신이 들었다. 시티 타임스 기자가 찾아올 정도면 평범한 교수가 아니라 룩스에서 중요한 사람이라는 것쯤은 추측이 가능했다.

나는 주저리주저리 털어놓았다. 외할아버지가 교수라는데 무슨 교수인지는 모르겠다, 엄마한테 처음에는 까다롭게 굴어서 이상한 사람인 줄 알았는데 금방 어린애처럼 굴더라, 아이스크림을 좋아하더라 등등.

"혹시 널 위해 준비한 선물은 없든?"

이안이 툭하고 말을 던졌다. 오른손으로 귓불을 만지작거리면서. 정신 교육을 하면서 이안이 나의 무의식적인 습관을 알았다면 나 역시 이안의 습관을 알게 됐다. 이안이 오른손으로 귓불을 만지작거릴 때는 알고 싶은 게 있다는 뜻이다. 기대를 충족시켜주고 싶었다.

"자전거요. 텔레비전에서 광고하는 자전거보다 더 멋지고 좋아요. 티타늄 소재라 무겁지도 않고 접을 수도 있어요. 학교에 타고 다니는데 잘 나가요. 자전거 말고 야구선수한테서 사인받은 셔츠랑 배트도 받았어요."

"좋았겠구나."

말과 달리 이안의 행동은 관심이 떠난 것처럼 보였다. 다음 교육 시간을 정한 뒤 이안과 헤어졌다.

교실에 가니 삐딱이가 책상에 엎드려 자고 있었다. 손가락으로 등을 쿡쿡 찌르자 기척을 내면서도 잠에서 쉽게 깨지 못했다.

"야, 야. 일어나!"

"몇 시야? 이안이 사귀재? 왜 이렇게 늦어?"

삐딱이가 눈을 게슴츠레 떴다. 목소리에 잠이 묻어 있었다. 나는 삐딱이 등에 몸을 기대고 한참을 비켜주지 않았다. 나보다 몸이 훨씬 큰 삐딱이는 금방 항복을 외치며 손을 들었다.

"집에 먼저 가랬잖아."

"그런 날 있잖아. 집에 가기 싫은 날."

"왜 반항하고 싶냐?"

아빠가 사라진 뒤 가족을 책임져야 한다는 생각에 누구보다 바쁘게 산 삐딱이다. 하지만 집에 가도 편히 쉴 공간이 없었다.

"그럼 우리 집에 갈래? 외할아버지가 다녀가셔서 먹을 것도 많아. 참, 네가 좋아하는 개도 있다. 옆집 아저씨가 여행 가면서 맡겼는데, 하는 짓이 웃겨. 초콜릿도 있는데, 네 동생 줘."

내 말에 삐딱이 얼굴에 생기가 돌았다. 자전거 뒤에 삐딱이를 태웠다.

"야, 이 자전거 졸라 비싼 거 같은데. 우왕, 좋겠다. 부자 할아버지가 있어서!"

서서히 속도를 내자 삐딱이는 등 뒤에서 온갖 괴성을 질렀다.

동네 어귀에 들어서는데 쿠키가 짖는 소리가 들렸다. 어지간해서 큰 소리로 짖지 않는 녀석이라 마음이 급해졌다. 핸들을 급히 돌리다 자전거와 호흡이 맞지 않아 넘어지고 말았다.

"갖고 와!"

삐딱이와 자전거를 내버려 둔 채 달렸다.

역시 쿠키가 그냥 짖은 게 아니었다. 대문 앞에 선글라스를 끼고 쪼그리고 앉아 있던 사람이 일어났다. 로이다.

"왜 이렇게 늦니? 학교가 학생들을 너무 잡아 봐. 그렇지?"

"쿠키, 괜찮아! 짖지 마!"

컹컹 짖던 대문 안 쿠키 소리가 사라졌다.

"고 녀석 참. 저런 거 보면 사람보다 나아. 그렇지 않니?"

대문을 열자 쿠키가 꼬리를 흔들며 나한테 안겼다. 따스하게 뛰는 심장소리가 말할 수 없이 편하고 좋았다. 뒤따라온 삐딱이는 자전거를 파라솔 아래 세웠다.

"너 개 좋아하잖아. 만져 봐."

내 말에도 삐딱이는 저만치 물러나서 쿠키를 보기만 했다.

"어? 너 겁나는 거지? 그렇지?"

내 품에서 벗어난 쿠키가 컹컹대며 삐딱이한테 다가가자 삐딱이가 기겁을 하며 뒷걸음쳤다. 쿠키는 놀자는 줄 알고 계속 삐딱이한테 다가갔다.

"나랑 얘기 좀 하자."

아 참, 잊고 있었던 로이.

"엄마 없는데요."

"그게 아니라, 너한테 맡긴 게 있잖니?"

그건 맡긴 게 아니라 억지로 떠넘긴 거였다.

"난 아저씨가 누군지 모르는데요."

내 말에 로이는 한숨을 쉬더니 신경질적으로 선글라스를 벗고 눈을 맞췄다. 눈 주위에 커다란 보라색 멍이 있었다. 멋으로 선글라스를 쓴 줄 알았더니 그게 아니었다.

"네 외할아버지의 제자, 로이라고. 그제 일이라면 사과할게. 너무 정신이 없어서……."

마지못해 하는 사과는 별로다. 나는 삐딱이 쪽을 봤다. 삐딱이와 쿠키는 서로 자세를 낮춘 채 탐색을 하고 있었다. 삐딱이는 언제든지 도망칠 수 있게 엉덩이를 최대한 뒤로 빼고 있었다.

"기자라면서요?"

"어떻게 알았니? 너 혹시 그거, 들었니?"

사마귀랑 얘기할 때도 뻔뻔하게 싱글거리던 로이가 순간 당황해 어쩔 줄 몰라 했다. 한 방 먹였다는 생각에 속이 시원했다.

"그건 알 필요 없고요. 나는 아저씨가 외할아버지에게 듣고 싶어 했던 내용이 무엇인지 알고 싶어요. 설마 외할아버지를 보고 싶어 왔다는 거짓말을 믿으라는 건 아니죠? 아 그러면, 외할아버지한테 술을 선물하러 왔다고 할 거예요?"

내 얼굴에 비웃음 같은 것이 흘렀을 거다. 이안에게 배운 것을 이런 식으로 써먹을 줄이야. 이안은 사람들의 약점 잡는 법, 상대에게 만만하게 안 보이고 압도하는 대화법 등을 알려줬는데 방금 그것들을 적적히 써먹은 것이다.

"그건 너랑 상관없는 일이야. 음, 돈이 필요하니?"

"돈은 누구나 필요하죠. 하지만 나는 돈보다 아저씨의 목적을 알고 싶어요. 진짜 목적이요. 그런데 오늘은 들을 상황이 안 돼요. 친구가 오랜만에 놀러 왔거든요. 아저씨는 당연히 알리고 싶지 않을 거고, 나도 친구한테 만년필 이야기를 하고 싶지는 않거든요."

로이는 수긍을 했는지 별말 없이 뒤돌아서서 몇 발자국 가더니 다시 내 앞으로 왔다.

"혹시 엄마도 아시니?"

"아니요."

"그래, 알았다. 만년필은 내 밥줄이다. 목요일 이맘때 다시 오면 될까?"

"예."

"그때까지 내 만년필 잘 부탁한다."

로이가 돌아가고 삐딱이와 나, 쿠키는 집 근처 숲을 한참 동안 달렸다.

"헉헉! 왜 안 물어?"

풀숲에 드러누워서 삐딱이한테 물었다.

"나도 말 안 하는 게 있는데 뭘."

"진짜야? 뭐?"

나는 몸을 옆으로 돌려 삐딱이 겨드랑이를 간지럽혔다. 삐딱이 웃는 소리가 하늘로 퍼져 나가자 지나의 밝은 웃음이 떠올랐다.

"우리 집에 드나드는 사람 중에 지나라고 있어. 얼굴은 평범하고 성격은 이상하지만 착한 것 같아……."

떠오르는 수많은 이야기 가운데 가장 큰 게 지나다. 삐딱이한 테 그 이야기를 털어놓았다. 지나를 처음 만난 날의 이야기는 뺐다. 그때 내가 형편없는 놈이었던 이유도 있지만, 지나와 나만의 비밀로 남겨 놓고 싶기도 했다.

삐딱이는 '오호!', '녀석!' 하는 추임새를 넣으며 내 말을 빠짐없이 진지하게 들었다. 지나 집에 놀러 가서 빅과 함께 찍은 사진을 봤다는 얘기에는 '나쁜 년'을 비롯해 수많은 욕을 내뱉었다.

"올, 네가 드디어 사랑을 하는구나. 축하한다, 이 자식아!"

삐딱이가 나를 껴안더니 온몸을 앞뒤로 흔들었다.

"축하할 일이야?"

삐딱이 반응에 얼떨떨했다.

"보지도 못할 연예인이나 끌어안고 사는 녀석들보다 보이는 사람을 사랑하는 게 얼마나 좋으냐? 그렇지 않냐?

삐딱이가 어른처럼 말했다.

"깨질 때 깨지더라도 말해. 좋아한다고. 빅보다 네가 나은 점을 얘기해. 빅은 여자가 여럿이지만 너한텐 지나 뿐이고…….또 너는 빅보다 훨씬 어리고 착하고 피부도 좋고 머리숱도 많고……."

삐딱이는 내가 빅보다 나은 점을 생각해 내려 애썼다. 삐딱이가 내 장점이라고 꼽은 것들이 하나도 장점 같지 않았지만 내 얘기를 듣고 편들어줘서 고마웠다.

06

"널 좋아해."

앞에 있던 거울을 치워 버렸다. 160cm도 안 되는 키에 내세울 것 하나 없는 열여섯 살이 바로 나다. 삐딱이 조언대로 고백을 할 수는 없다. 그래도 하루에 한 번은 거울을 보고 고백 연습을 하고 언제 올지 모르는 지나를 위해 옷을 고르는 데 시간을 많이 보냈다. 키도 크고 멋진 남자가 되면 고백할 날이 오지 않을까 하는 기대를 하고는 했다.

하루에도 몇 번씩 지나가 떠올라 힘들어하는 나와 달리 지나는 별장에 갔던 날 이후로 코빼기도 보이지 않았다.

나는 지나 방에서 있었던 일을 몇 번이나 되새겼다. 바보같이 울어버린 게 걸렸지만 지나는 내 감정을 알아채지 못했다. 그나마 다행이었다. 나는 시시때때로 넘쳐흐르는 호르몬을 주체 못하는 열여섯 살이니까.

내가 지나를 생각하는 것처럼, 엄마는 외할아버지를 생각하는 것 같았다. 시선을 허공에 둔 엄마는 내 말을 놓치는 일이 잦았다. 예전에 비해 술은 덜 마셨지만 출근할 때 술을 담아다니던 물통은 다시 들고 다녔다.

쉽게 잠들지 못하는 날이 많아졌다. 그럴 때면 쿠키가 좋은 친구가 되어 주었다. 쿠키랑 한바탕 놀고 나면 그럭저럭 잠들 수 있었다.

"푸르, 푸우."

공을 물고 온 쿠키는 공을 발밑에 놓고 숨을 몰아쉬었다. 나는 다시 공을 뒷마당 쪽으로 던졌다. 바로 쿠키가 달려갔다. 그런데 공을 물고 오던 쿠키가 갑자기 대문 쪽으로 방향을 틀더니 양발로 문을 긁어댔다. 대문을 열자마자 쿠키가 달려나갔다. 17호다. 쿠키는 집 앞 의자에 앉아 있는 17호한테 온몸으로 환영 인사를 했다. 가로등에 비친 17호는 피곤한 기색이 역력했다. 쿠키가 아니었다면 영락없이 노숙자나 거지로 오해할 뻔했다.

"안녕하세요?"

"잘 지냈냐?"

"예. 아저씨는 못 지내신 것 같네요."

"허허, 너 농담이 늘었다."

17호 말에 정신이 번쩍 들었다. 언제부터 17호와 이렇게 편하게 얘기를 주고받았을까.

"맞아. 아주 못 지냈지. 지옥에 다녀왔다. 쿠키 가자."

쿠키는 17호 말에 껑충껑충 뛰더니 뒤도 안 돌아보고 17호보다 앞서 걸었다.

"참 알바비는 내일 계산하자."

17호가 천천히 걸음을 옮기는데 이상했다. 다리를 절었다. 오른쪽이 아닌 왼쪽을 심하게 절었다. 나는 옆으로 가서 부축했다.

"괜찮아, 괜찮아!"

17호가 손을 내저었다. 하지만 외할아버지와 함께 지낸 뒤 새롭게 안 사실이 있다. 어른들이 '괜찮아' 하면 그건 '괜찮지 않다'일 수 있다는 것.

앞장 섰던 쿠키가 되돌아와서 보디가드처럼 17호 옆에 딱 붙어섰다. 나도 더 단호하게 17호의 팔을 잡았다. 팔이 뜨거웠다. 온몸이 불덩이였다. 생각보다 많이 아픈 것 같았다. 나는 17호가 메고 있던 가방을 빼앗다시피 해서 들었다. 바로 옆집인 데도 시간이 오래 걸렸다.

"문도 안 잠그고 갔어요?"

기가 막혔다. 비밀경찰 집은 도둑이 안 드는 건지, 그렇다고 해도 대문을 잠그지 않은 것은 이해가 되지 않았다.

"열쇠를 잃어버려서. 제일 중요한 건 네게 맡겼잖아."

컹컹.

17호 말에 쿠키가 맞장구를 쳤다.

"고맙다, 신세를 졌구나!"

현관 옆 작은 화분에서 열쇠를 꺼낸 17호가 현관문을 열었다.

'어라, 그래도 현관문은 잠갔네. 왜 현관문도 열어 놓지?'

궁시렁거리며 뒤돌아서 걷는데 등뒤에서 '쿵'하는 소리와 동시에 쿠키가 큰 소리로 짖었다. 열린 현관문 사이로 대자로 뻗은 17호가 보였다.

"쿠키, 조용! 동네 사람들 다 나오게 할 거야?"

내 말을 알아들었는지 쿠키는 짖지 않고 대신 낑낑 소리를 내며 17호 얼굴을 핥았다. 빨리 주인을 봐달라는 몸짓 같았다. 나는 얼른 문을 닫고 17호 옆으로 다가가 손가락을 코에 대고 숨을 쉬는지부터 확인했다. 술을 사랑하는 엄마 덕분에, 가끔 술을 진탕 마시고 쓰러지는 엄마 덕분에, 나는 이럴 때 어떻게 응급처치를 해야 할지 누구보다 잘 알았다.

밝은 불빛 아래에서 보니 17호의 상태가 엉망이었다. 탱탱한 살구가 쭈글탱이처럼 변했다고나 할까. 며칠을 안 감았는지 떡이 진 머리는 하얗게 변했고 턱은 수염이 뒤덮고 있었다. 얼굴살이 쏙 빠진 데다 입술에는 피딱지가 앉았다.

이마가 뜨거웠다. 나는 화장실에 가서 대야에 물을 담고 수건을 챙겨 왔다. 그다음 수건에 물을 적셔 17호의 얼굴을 닦았다. 셔츠를 벗기려는데 왼쪽 허벅지를 칭칭 동여맨 천이 눈에 들어왔다. 피범벅이었다.

나는 놀란 가슴을 진정시키며 창가 커튼을 닫았다. 커튼을 닫으며 밖을 살폈는데 사마귀들은 보이지 않았다. 17호가 피를 흘리면서도 병원에 가지 않고 집으로 왔다면 분명 이유가 있다.

부엌에서 가위를 찾아봤지만 보이지 않았다. 탁자 위 작은 과도를 챙겨 17호 옆으로 갔다. 허벅지를 동여맨 천을 칼로 짖으려 했지만 칼이 잘 들지 않았다. 나는 벌떡 일어났다.

컹!

쿠키가 벌떡 일어나더니 큰 소리로 나를 불렀다.

"걱정 마. 약 갖고 올 테니까."

나는 발 빠르게 집으로 갔다. 내 방에 가서 구급상자를 들고 계단을 펄쩍 뛰며 내려갔다.

"문도 안 잠그고, 외할아버지가 준 야구공은 밖에 놔두고."

집으로 들어서던 엄마와 부딪힐 뻔했다.

"뭐, 뭐야? 무슨 일이야?"

엄마 목소리가 낮아졌다.

"17호, 17호가 다쳤어. 다리에서 피가 막 나고."

엄마가 손을 잡자, 내가 많이 떨고 있다는 사실을 깨달았다.

안방에서 하얀 상자를 찾아든 엄마가 앞장섰다. 하얀 상자는 나도 잘 아는 상자였다. 아플 때마다 엄마가 하얀 상자를 가져와 주사를 놓고는 했으니까.

17호 집으로 온 나는 엄마가 시키는 대로 했다. 현관 입구 쪽에 널브러져 있는 17호 몸 아래로 얇은 담요를 깔아 거실로 옮기고 물을 끓였다. 엄마는 하얀 상자에 있던 가늘고 날카로운 작은 칼과 바늘을 소독했고 가위로 17호 바지를 잘랐다.

"으윽!"

나는 순간적으로 고개를 돌렸다. 허벅지 부근의 살점이 너덜너덜한 천처럼 피와 엉겨 있었다. 17호는 정신을 잃은 상태였다.

"술 찾아봐, 얼른."

술은 굳이 찾을 필요도 없었다. 거실 장식장을 꽉 채우고 있는 게 모두 술이었다. 중간 크기 술병 3개를 엄마한테 건넸다. 엄마는 하얀 상자에서 약병을 꺼내 주사기로 뽑더니 17호 허벅지에 주사를 놓았다.

"마취제야."

엄마는 허벅지를 살피며 마취가 됐는지 확인했다.

"총, 총 맞은 거야?"

"너 얼른 집으로 가서 불 켜 놓고 와. 거실이랑 네 방에도. 사람들 있나 살피고."

그 말은 17호가 총을 맞았다는 의미다. 총을 가질 수 있는 사람은 사마귀, 비밀경찰, 군인, 그리고 또 누가 있는지 모르겠다. 총을 맞았다면 아주 위험한 일을 했다는 것이고, 만약 그런 사람을 돌봐준다면 우리도 위험할 수 있다.

현관문을 닫고 나서야 쿠키가 나를 따라나선 것을 알았다.

"따라오지 마!"

내가 속삭이자 쿠키는 설렁설렁 앞서더니 집 뒤쪽으로 사라졌다. 혹시나 쿠키가 짖어 곤란해질까 봐 쿠키를 집 안에 들여놓으려 찾으니 쿠키가 보이지 않았다. 놀라서 다시 둘러 보니 쿠키가 눈앞에 돌아와 있었다. 나는 쿠키가 이끄는 대로 따라갔다. 우리 집 뒷마당이었다. 집과 집 사이에 모두 울타리가 쳐져 있을 거라고 생각했는데 나무가 빽빽한 곳이 뚫려 있었다. 쿠키가 아는 것을 보면 17호도 알았다는 뜻인데 왜 그대로 뒀는지 모르겠다.

우리 집 뒷마당에 들어서자 쿠키는 자기 할 일을 다 했다는 듯이 사라졌다. 새삼 쿠키가 똑똑하다는 생각이 들었다. 아까는 17호 옆에 쿠키 말고 아무도 없었지만 지금은 엄마가 있으니까 믿고 나를 따라나섰던 것이다.

부엌 뒷문으로 들어가 거실에 불을 켰고 2층 내 방 불도 켰다. 다시 1층으로 내려와 거실에 있는 전화 수화기를 내려놓았다. 전화올 데는 없지만 나름대로 알리바이를 만들었다. 전화를 안 받은 게 아니라 수화기를 잘못 둬서 전화를 못 받았다고 해명할 수 있으니까. 지나 전화를 놓치더라도 어쩔 수 없다.

쿠키가 알려준 대로 17호 집으로 돌아갔다. 17호의 다리는 보기에 끔찍했다. 엄마는 술을 수건에 적셔 계속 피를 닦아냈다. 허벅지가 아니라 피에 젖은 수건을 보는 것만으로도 속이 메슥거렸다. 쿠키는 멀찍이 떨어져서 우리를 지켜보고 있었다.

"네가 도와줘야 해. 잘할 수 있지?"

속에서 치미는 욕지기를 간신히 삼키고 고개를 끄덕였다. 사실 내가 할 일은 별로 없었다. 엄마는 작은 칼로 17호의 살을 자르고 콩알보다 약간 큰 총알을 빼내고 다리를 꿰맸다. 꿰맨 자리에 거즈를 붙인 뒤 붕대를 감았다.

"휴우."

엄마가 한숨을 길게 내쉬자 나도 같이 내쉬었다.

"엄마 정말……."

엄지를 치켜들었다. 엄마는 서둘러 피 묻은 수건과 솜 등을 한곳에 모았다. 그대로 뻗어서 자고 싶었지만 엄마를 거들었다. 커다란 비닐을 가져다 수건과 솜, 천 조각 등을 담아서 꽁꽁 묶고 칼과 바늘 등을 씻고 닦았다.

엄마의 지시로 이불을 찾아서 17호를 덮어 주었다. 그제야 엄마는 소파에 가서 몸을 웅크리고 누웠다.

"엄마, 집에서 자. 아니면 다른 방에서 자든지. 내가 있을게."

엄마는 꿈쩍도 하지 않았다. 새벽부터 일하러 가야 하는 엄마는 얼마 지나지 않아 잠이 들었다. 엄마가 저녁도 못 먹고 잠들었다는 생각이 들었다. 이불을 찾아 엄마를 덮어 주었다. 주방에서 쿠키의 사료와 물을 챙겨 쿠키 앞에 갖다 놓았다. 쿠키도 17호가 걱정되는지 사료에는 입도 대지 않고 그냥 꼬리만 살랑 흔들었다. 나는 쿠키를 끌어안은 채 누웠다. 천장에 달린 전등이 여러 개로 보였다.

신음이 들렸다. 순간적으로 고개를 돌리니 17호가 일어나려고 애쓰고 있었다. 쿠키는 17호 얼굴을 쉴 새 없이 핥고 있었다.

"괜찮……."

17호가 검지를 입술에 가져다 대서 순간적으로 말을 멈췄다. 소파에서 자고 있는 엄마를 본 모양이다.

"괜찮다. 고맙다."

17호를 도와 화장실로 갔다.

"안 나가냐?"

"뭐 어때요? 안 볼 테니까 그냥 누세요."

엄마가 그 고생을 하며 치료했는데 혹시라도 엎어지거나 해서 상처가 덧나면 말짱 헛수고다. 17호는 헛웃음을 짓더니 오줌을 눴다. 가느다란 줄기가 오랫동안 계속되었다.

"배고파."

화장실에서 나온 17호를 부축해서 주방으로 갔다. 17호를 의자에 앉힌 뒤 17호가 일러준 대로 서랍장에서 먹을 것을 꺼냈다. 통조림 옥수수 수프에 통조림 콩에 통조림 연어. 냉장고를 살펴봤지만 물과 맥주, 계란과 말라비틀어진 채소뿐이다. 17호는 통조림을 차례대로 따서 며칠 굶은 사람처럼 급히 먹었다. 나는 얼른 계란을 꺼내서 스크램블드 에그를 만들었다. 우유 대신 물을 붓고 후추와 소금을 넣었다. 접시에 담아 식탁에 놓자 17호는 스크램블드 에그가 세상에서 가장 맛있는 음식인 것처럼 코를 박고 먹었다.

"내가 이틀 동안 제대로 먹지를……, 컥컥."

음식이 목에 걸린 것 같았다. 나는 얼른 컵에 물을 따라 17호한테 건넸다. 엄마가 수술을 안 했으면 피를 너무 많이 흘려서 죽을 수도 있었다. 총을 맞고도 17호가 갈 곳이 이곳밖에 없다는 사실을 떠올리자 한편으로 불쌍했다.

"어쩌다가 다쳤어요?"

"영화 찍고 왔다. 액션 영화."

17호가 어울리지 않게 농담을 했다.

"네 엄마 솜씨는 여전하구나."

뭔가가 있다. 묻고 싶은 게 많았지만 지금은 나도 배가 너무 고팠고, 머리도 몸도 쉬고 싶었다.

07

새벽에 엄마와 나는 집으로 돌아왔다. 집으로 오기 전 엄마는 17호 붕대를 풀고 소독을 했는데 17호는 신음 한 번 하지 않았다. 엄마가 소독을 마치자 17호는 지갑에서 지폐를 꺼내 내밀었다. 거절할 거라는 예상과 달리 엄마는 순순히 지폐를 받았다. 집으로 온 엄마는 내 어깨를 양손으로 잡은 뒤 눈을 맞추었다.

"아저씨 방식이야. 고맙다는 것을 돈으로 표현해. 돈이면 뭐든 다 된다고 생각해서가 아니라, 고마워서 뭔가 주고 싶은데 그게 돈인 거야. 우리라면 서로 한 번 안아줄 텐데, 그치?"

잠깐이지만 엄마 행동에 실망한 내가 부끄러웠다.

"아니. 나도 고마우면 돈으로 표현해줘."

내가 손을 내밀자 엄마가 어이없다는 듯 웃었다. 엄마가 만든 죽과 샐러드를 17호한테 가져다준 뒤 학교에 갔다.

엄마와 나의 일상은 지나와 17호 덕분에 많이 변했지만 학교는 언제나 똑같았다. 재미없고 딱딱하다. 학교에서 유일하게 살아 있는 느낌을 주는 사람은 삐딱이뿐이다.

"이것 봐."

삐딱이가 내민 것은 쭉쭉 빵빵한 여자들 사진이었다. 족히 열 장은 되는데 대부분 몸을 활짝 드러내고 있었다.

"빅이 사귀는 여자들이야. 전부 몸이 이렇고 이래."

삐딱이가 두 손을 봉긋하게 모아 가슴 위에 얹더니 고개를 뒤로 한껏 젖혔다.

"그녀는 몸이 직선이라며? 빅이 좋아하는 취향이 아니니까 조만간 헤어질 거야. 취향은 무시 못 하거든. 모든 연애는 타이밍이야. 그때를 파고들어."

"우와, 죽인다!"

뒤에 있던 아이가 삐딱이 책상에 사진을 집어올리자 여기저기서 아이들이 몰려들었다. 사진은 금세 다른 아이들 손으로 전달됐다.

"야, 야, 구기지 말고 봐!"

삐딱이 말은 허공으로 날아갔고 낄낄거리는 소리가 여기저기서 들렸다.

쾅!

문이 열리고 강이 교실로 들어왔다. 미술 시간에 왜 강이 들어왔는지를 생각하던 아이들이 '어어'하다가 자리를 찾아갔다. 강은 언제나처럼 무표정했다. 강이 손을 들어 까딱하자 반장이 인사를 했고 강도 고개를 숙여 인사를 받았다.

"다 갖고 와!"

강 말에 조용하던 교실이 더 조용해졌다. 몇몇 아이들이 주섬

주섬 사진을 교탁 앞으로 가지고 나갔다. 모두 다섯 명이었다. 사진을 받아든 강은 사진을 훑어보고서야 고개를 들었다. '경멸'이라는 단어가 어떤 뜻인지를 한눈에 알 수 있는 눈빛이었다.

"사진 갖고 온 사람 일어나!"

삐딱이가 벌떡 일어났다. 삐딱이 뒷자리인 내 책상이 흔들릴 정도였다.

"사진 본 사람 일어나!"

삐딱이가 몰래 손으로 앉으라는 신호를 보냈지만, 나는 일어났다. 생각보다 많은 아이들이 일어났다. 이 정도면 강이 함부로 때리지 못할 거라는 생각이 들었다.

"사진 본 사람 다시 앉아. 너희가 무슨 잘못이 있겠니? 벗은 여자 사진이 보이니까 당연히 눈이 헤까닥 돌아갔겠지. 발정 난 개처럼 말이야."

강의 목표는 교탁 앞에 나온 5명으로 좁혀진 듯했다.

"재수없게 걸렸구나. 3, 19, 21, 28, 35번아. 왜 하필 사진을 보는 것에만 만족하지 않고 들고 있었을까? 아마 오늘 저녁에 딸딸이라도 치려고 했을 거야? 그렇지 않니, 이 양아치 새끼들아!"

예전 담임이 정신없이 팔다리를 휘두르는 폭력으로 우리의 자존감을 떨어뜨렸다면 강은 말 몇 마디로 자존감을 완전히 사라지게 만들었다. 거기에 모욕감이 플러스됐다.

"왜 맞는 소리라 기분 나빠? 그런 사진 들고 너희가 할 게 그거 밖에 더 있어? 오늘의 주범, 25번 나와."

삐딱이가 앞으로 나가자 강은 다섯 명의 아이들을 일렬로 세워 삐딱이와 마주보게 했다.

"날 불쾌하게 만든 벌은 받아야지. 내가 불쾌한 것은 사진 때문 이고 그 사진은 여기 25번이 갖고 왔다. 벌점 15점."

순간 아이들 몇이 비명을 질렀다. 학교에서 치고받고 싸운다고 해도 제일 높은 벌점은 5점이다. 15점은 너무 과했다.

"너무해? 뭐가 너무해? 내 기분이 아주 더럽고 엿 같은데. 벌점 을 받을지 말지는 너희가 선택해. 25번이 가져온 사진 때문에 너 희까지 벌점 15점을 받게 됐다. 벌점이 싫으면 사진에게 분풀이 를 해야겠지? 1대당 1점을 감해 주지."

삐딱이와 다섯 명의 아이들 모두 얼굴이 하얗게 질렸다. 강은 아이들에게 삐딱이를 폭행하라고 말한 것이다. 벌점 15점이면 다섯 명 중 한두 명은 퇴학이다. 아무도 쉽게 나서지 못했다.

어느 학교에서 학생들끼리 서로 때리다 한 명이 뇌상을 입어 병 원에 입원했다는 얘기를 돌았다. 선생의 명령에 따르다 일어난 사고라고 했다. 때린 학생은 다시 학교로 돌아오지 못했고 맞은 학생도 결국 죽었다고 한다.

삐딱이가 강의 눈을 피해 앞에 서 있는 아이들에게 입모양으로 뭐라고 했다. 안 봐도 알겠다. 때려도 괜찮다고 했겠지. 삐딱이는 이상한 선생한테나 삐딱할 뿐 누구보다 착하고 바른 아이다. 자기 때문에 퇴학 당하는 아이가 있다면 삐딱이한테도 지울 수 없는 상처가 될 것이다. 삐딱이의 말 때문인지 한 아이가 다리로 삐딱이를 찼다. 다른 아이는 주먹으로 삐딱이 배를 때렸다.

콱.

강이 못마땅한 듯 발로 교탁을 찼다. 공포가 교실을 파고들었다. 예전 담임이 발광할 때면 '저 새끼 또 미쳤다'고 욕하면서 어느 정도 예측이 가능했지만, 강은 예측할 수가 없다.

강은 50cm 가량의 가느다란 지휘봉으로 삐딱이를 때렸던 두 아이의 얼굴을 내리쳤다. 신음을 삼킬 사이도 없이 두 아이의 얼굴에 핏방울이 맺히더니 얼굴을 타고 흘러내렸다.

"어디서 장난질이야? 아주 사이 좋아. 내가 첫날 얘기했지? 쓰레기에게는 매밖에 없다고!"

강은 나머지 세 아이들 앞으로 가서 지휘봉으로 얼굴을 훑었다. 그중에 19번은 눈에 띌 정도로 부들부들 떨었다. 오줌을 쌀까 걱정이 됐다. 예전 담임도 19번이 워낙 약하니까, 조금씩 봐줬다. 보기 애처로울 정도로 울상이 된 19번 얼굴을 보기가 힘들어서 눈길을 책상으로 돌렸다.

"이 새끼가!"

삐딱이가 강의 지휘봉을 손으로 잡고 있었다.

"이거 안 놔! 선생을 뭐로 보고."

강이 지휘봉을 뺏으려고 했지만 삐딱이는 놓지 않았다.

"제가, 제가 맞겠습니다. 사진을 갖고 온 제 잘못입니다."

강과의 눈싸움을 삐딱이는 피하지 않았다.

"아, 그래? 알았어. 오케이!"

삐딱이가 지휘봉을 놓자마자 강이 지휘봉으로 삐딱이를 때렸다. 삐딱이 얼굴은 순식간에 피투성이가 되었다. 지휘봉은 휘휙 바람 소리를 내며 삐딱이의 온몸을 파고들었다. 강은 정말 미친 여자 같았다. 저 미친 여자를, 우리를 동물보다 못한 존재로 취급하는 저 여자를 도저히 참기가, 힘들었다.

"안 비켜, 이 새끼야, 너 뭐야? 감히 어디서."

등짝에 파고드는 아픔이 너무 강해서 숨을 쉬기도 힘들었다.

"······허억, 26번입니다. 그만 하세요."

"하아!"

강은 흐트러진 머리와 옷매무새를 바로잡았다.

"그만해? 이 새끼야, 그만하긴 뭘 그만해? 안 비켜?"

"시민관리국 책임 프로그램 규정 제018호에 선생 책임 프로그램이 있습니다. 선생이 직위를 이용해 학생에게 지나친 체벌을 행사하거나 선생의 품위를 손상했을 경우, 그에 따른 처벌 규정

입니다. 지금 선생님 행동은 이에 해당한다고 생각합니다."

기계처럼 변함없던 강의 얼굴이 조금씩 일그러졌다. 이안에게 배우지 않았다면 나도 몰랐을 규정이다. 군정 예비 학생이 되면 선생도 함부로 하지 못한다. 나는 새롭게 배운 것을 써먹었다.

"학생에 대한 벌점의 경우, 강도, 강간, 폭력에 해당하지 않으면 15점은 부가할 수 없습니다. 만약 임의 조정할 경우 그에 대한 분명한 이유를 교육국에 알려야 하며, 증빙자료도 첨부해야 합니다. 더 할까요?"

구겨진 강의 얼굴은 가관이었다. 즐거움을 뺏긴 못된 어린아이의 얼굴과 겹쳐지자, 강이 하나도 두렵지 않았다.

"한 번만, 한 번만 더 이런 쓰레기 같은 걸 가져오면, 가만…… 안 둘 거야."

강은 빠른 걸음으로 교실을 나갔다. 잠시 정적이 흐르고 아이들의 막혔던 입에서 이야기들이 쏟아져 나왔다. 다시 교실은 살아 움직였다. 나는 꼼짝도 못 하는 삐딱이를 부축해 양호실로 갔다. 다른 아이들도 거들었다.

양호실 문을 노크하자 양호가 문을 열었다.

"흡!"

삐딱이를 본 양호는 짧게 신음했다. 양호는 얼른 삐딱이 손을 잡고 의자에 앉혔다. 양호는 어느 때보다 조심스럽게 상처 부위를 알코올로 닦고 약을 발랐다. 중간중간 상처 부위에 '호호' 하고 입바람을 불기도 했다. 그럴 때마다 삐딱이는 제 얼굴이 어떤 상태인지도 잊고 온몸을 비비 꼬았다.

"재희야, 너 이렇게 맞다가 정말 큰일 나. 나중에 좋아하는 일이 생겨도 몸이 안 좋아서 못할 수도 있단 말이야. 몸을 소중하게 여겨, 쫌!"

삐딱이도 나도, 아이들도 깜짝 놀랐다. 양호가 화를 내며 말하다니.

"선생님, 목소리 정말 예쁜데요. 말 좀 하세요."

삐딱이 말에 양호가 얼굴을 찌푸렸다.

"재희 네가 걱정돼서 그래. 그냥 가만히, 선생 눈에 안 띄고 조용하게. 아니, 아니야. 내가 지금 무슨 말을 하는 거야. 살아 있으면 움직이는 게 당연한데."

양호는 깨끗한 시트를 침대에 올려놓은 뒤 얼굴에 피멍이 든 다른 아이들을 묵묵히 치료했다.

"우와, 봤지? 어떡해, 어떡해!"

양호가 나가자 삐딱이가 자기 가슴에 내 손을 가져갔다.

"양호가 날 좋아해. 내 이름도 불렀어. 어쩌지? 연상은 생각 안 해봤는데."

삐딱이를 때리고 마음이 무거웠던 아이들도 나도 시원하게 웃었다. 아이들은 삐딱이에게 사과를 하고 교실로 돌아갔다. 나는 삐딱이 옆 침대에 누웠다.

"교실에 안 가?"

"응."

학교에 있으면서 수업을 빠진 적은 없었다. 그런데 오늘 강이 삐딱이와 아이들에게 체벌 아니 폭력을 휘두르는 모습을 보면서 처음으로 '공부하면 뭐 하나?'란 생각이 들었다.

여기 선생들 모두 열심히 공부해서 좋은 대학을 나온 사람들이다. 룩스에서 대학을 나온 사람도 있다. 그렇게 선생이 됐으면 공부할 때처럼 열심히 노력해서 좋은 선생이 돼야 하지 않나.

학생을 도구로 생각하거나 무생물로 보는 선생이 있는 교실, 학교가 싫다. 이안은 선생이 아니라 선생이라는 가면을 쓴 비밀경찰이니까 잘 모르겠다.

"그 마귀한테 했던 말, 진짜 그런 규정이 있어? 근데 왜 난 그런 규정이 있는 걸 몰랐지?"

모를 수밖에 없다. 군정의 예비 학생이 아니었다면 나도 몰랐을 규정과 정보다. 군정 예비 학생인 덕분에 나는 이전에는 몰랐던 수많은 규정과 정보를 알게 됐다.

내가 강한테 말한 것 역시 그런 규정 중 하나다. 도시마다 사람마다 접근할 수 있는 규정과 정보가 제한돼 있다. 왜 정부는 그 많은 정보와 규정을 소수에게만 공유하게 한 걸까?

"신아!"

피멍으로 얼룩진 삐딱이 얼굴을 보니 다시 강에게 화가 치밀어 올랐다.

"정말 고마워. 근데 마귀한테 찍혀서 어쩌냐?"

"어떡하긴. 날려버려야지, 안드로메다로."

내 농담에도 삐딱이는 웃지 않았다.

"요즘 네가 무슨 일을 하는지 모르겠어. 가끔은 아주 멀리…… 아니다. 사실 우리 집도 엉망이거든. 할머니가 많이 아프신 데……, 치료비가 너무 많이 들어. 엄마가 돈을 빌리려고 하니까, 시민관리국에서 진이를 룩스로 입양 보내는 게 어떻겠냐고 했대. 처음엔 당연히 안 된다고 했는데, 진이한테도 좋은 일……."

"안 돼! 말도 안 돼!"

나도 모르게 벌떡 일어났다.

가족이 없는 것도 아닌데 입양이라니! 진이의 귀엽게 튀어나온 이마와 입을 보면 장난치고 싶어 죽겠다는 삐딱이다.

"그렇지? 말도 안 되는 것 맞지? 우리 아빠 올 때까지 똘똘 뭉쳐서 살아야 하는데 내가 미쳤나, 아악!"

마른세수를 하던 삐딱이는 상처를 제대로 건드려 비명을 질러 댔다.

"할머니 수술 때문에 집을 내놨어. 이러다 여기에서도 못 살고 다른 도시로 가게 될지도 몰라. 그러다가 결국에……, 진이는……."

삐딱이 얼굴에 웃음이 떠올랐다. 삐딱이한테 진이는 떠올리는 것만으로도 웃게 되는 존재다.

"할머니가 병원에 있으니까, 고게 나만 오길 기다려. 알바를 하려 해도 진이 혼자 있는 걸 생각하면 마음이 불편하고. 엄마도 야간 근무거든. 그 쪼그만 게 버스 정류장에 쪼그리고 앉아서 날 기다려. 업으면 쫑알쫑알 진짜인지 아닌지도 모를 이야기를 하면서 잠들고."

삐딱이는 나한테 '안 돼!'라는 말을 듣고 싶었던 것이다. 나는 그 기대에 맞춰 몇 번이나 '안 돼!'라고 강하게 말했다.

"난 이안이 마음에 안 들어. 작년에 이안이랑 가까웠던 학생들 몇 명이 졸업하자마자 사라졌다는 이야기가 있더라. 설마 너도 사라지는 건 아닐까 걱정이 돼. 만약 사라져야 한다면 나한테 꼭 얘기해라."

양호실을 나설 때 삐딱이가 말했다. 군정 입학 자체가 비밀이다. 내가 사라지면 엄마 역시 비밀로 할 수밖에 없다.

08

"엄마 닮아서 꼼꼼하구나."

붕대를 감고 매듭까지 묶자 소파에 앉아서 한쪽 다리를 내밀고 있던 17호가 만족한 듯이 말했다. 상처는 잘 아물고 있었다. 나는 남은 붕대와 가위를 상자에 넣었다.

"참, 이거."

17호가 봉투를 내밀었다. 두툼했다.

"우리 쿠키 돌봐준 값."

"……."

"왜? 멋있는 척하지 말고. 받아도 돼."

나는 창가에 있는 의자를 가져다 17호 맞은편에 놓고 앉았다.

"알바비, 받을 거예요. 돈으로는 아니지만. 엄마에 대해 얘기해 주세요."

"엄마한테 묻지 그러냐?"

17호는 내키지 않는 듯 불퉁하게 말하며 턱을 긁적거렸다.

"외할아버지가 있다는 것도 한 달 전에야 알았어요. 외할아버지가 안 왔다면 엄마는 절대 말 안 했을 거예요. 엄마한테 기억하고 싶지 않은 옛날 일들이 많은 것 같아요. 엄마를 슬프게 하고 싶지 않아요."

17호는 손짓으로 장식장 위 술을 가리켰다. 나는 술 대신 주방에 가서 우유를 갖다 줬다.

"녀석, 빡빡하기는. 술 달라니까."

"상처 덧나면 어떡해요?"

"날 싫어하는 것 아니었냐? 스파이나 비밀경찰이라고 생각한 것 아니야?"

정곡을 찔려서 뭐라고 대답해야 할지 몰라 머뭇거렸다.

"음, 13년 전에 너희 엄마를 처음 만났지. 친절한 의사였다. 왜 지금은 의사가 아닌지는 말해 줄 수 없어. 네가 준비가 되면 엄마한테 직접 물어보렴."

뭔가 중요한 얘기를 하지 않을까 하고 귀를 쫑긋 세웠지만 17호의 얘기는 예상했던 내용과 크게 다르지 않았다.

"룩스에서 만났어요?"

17호는 내 질문에 모른 척하며 봉투를 내밀었다. 더는 얘기하지 말라는 뜻이다.

"됐어요. 요즘 기분이 엿 같았는데 쿠키가 있어서 하루에 세 번은 더 웃었을 거예요."

내 말에도 17호는 계속 봉투를 내밀었고 나는 안 받겠다고 하는 바람에 실랑이를 벌였다. 그러다 바지 주머니에서 만년필이 떨어졌다. 만년필을 찾으러 오겠다던 로이는 며칠이 지나도 오지 않았다. 다시 만나면 얘기를 듣고 돌려주려 했는데.

"어디서 난 거냐?"

17호가 만년필을 알아봤다. 내심 잘됐다 싶어 솔직히 털어놨다. 무슨 내용이 녹음되어 있는지 듣고 싶지만 작동법을 몰라 못 들었다고. 13년 전부터 엄마를 알았다는 말이, 엄마가 친절한 의사라고 한 말이 17호를 믿고 털어놓게 만들었다.

"무슨 내용인지 듣고 싶어요. 왜 급히 내게 줬겠어요? 사마귀한테 들키면 안 되는 내용이 있을 거예요."

17호가 자리에서 일어섰다. 17호를 부축하려 했지만 17호가 손을 내저으며 사양했다.

"아니……, 거머리, 너한테는 사마귀겠구나. 그 사마귀 새끼들이 있나 해서. 쿠키, 거머리들이 오면 크게 짖어."

17호가 현관문을 열자마자 쿠키가 밖으로 달려나갔다. 문을 닫은 뒤 17호가 만년필을 내밀었다.

"나도 궁금하다만 너 혼자 듣고 싶다면……."

"같이 들어요."

만년필에 녹음된 내용이 궁금한 만큼 두렵기도 했다. 17호는 만년필 중간에 있는 버튼을 눌렀다.

"누구세요? 여기 송 교수님 계시지? 난 교수님 제자란다, 외할아버지가 편찮으셔서 엄마가 많이 슬프시겠다. 나도 마음이

안 좋아. 요양원 가시기 전에 얼굴이라도 뵈려고 아침 일찍 왔다……."

예상대로 로이는 우리 집 벨을 누른 순간부터 녹음을 하고 있었다. 나는 다른 내용을 듣고 싶었지만 17호가 열심히 듣는 것 같아 가만히 기다렸다.

"갑자기 들이닥친 경찰이 빨리 피하라고, 잘못하다가는 죽을 수 있다고. 뭐, 급한 대로 챙겨 나왔지. 그런데…… 텔레비전 뉴스나 신문 보도가 거짓이라는 사람도 있더라고…… 그런데 뭐 좀 없나?"

"이상하잖아. 똑같은 영상, 똑같은 사진이라는게. 그런 말이 돌고 거길 한 번 가볼까 했는데, 다른 영상이랑 사진이 나오데. 누가 우리 얘길 듣고 일부러 만든 것처럼. 방송사도 열 개가 넘고 신문사도 열 개가 넘는데, 그 기사는 꼭 한 방송국에서 찍고 한 신문사에서 보도한 것처럼 다 똑같았어. 수상하지? 수상하다니까."

"사실 그것도 좀 그래요. 도시를 완전히 폐쇄해서 오도가도 못하게 막다니요. 치료를 받으면 살 수 있는 사람도 있었을 거 아네요. 그때는 뭐, 너무 무섭고 끔찍하고 그래서……. 군인도 왔다갔다하고, 그런데 무슨 말을 해요. 뭐라고요? 뭐하러 거길 가요?"

녹음된 목소리는 남자도 있고 여자도 있고 나이도 다 달랐다. 대개 제3지대에 관한 이야기였다.

그때 밖에서 쿠키가 큰 소리로 짖었다. 17호는 지팡이를 짚으며 밖으로 나갔다. 나도 따라 나갔다.

우리 집 대문 앞에서 로이가 집 안을 넘어다 보고 있었다.

"어, 너 거기 있었니? 이웃끼리 사이가 좋구나."

로이가 자기 쪽으로 건너오라며 손짓을 했다.

"이쪽으로 오시게."

로이는 떨떠름한 얼굴로 17호 쪽으로 다가왔다. 17호는 말없이 집 안으로 들어갔고 나와 로이가 그 뒤를 따랐다.

"뭐 좀 들겠소?"

"괜찮습니다. 저는 얘랑 볼일이…….''

"아, 그 녹음기. 녹음기는 내가 갖고 있소."

17호 말에 로이는 얼굴이 하얗게 질려 과장스레 고개를 내저었다. 잠시 뒤 체념한 듯 소파에 털썩 앉았다.

"그럼, 선생님과 얘기 하기로 하고, 학생은 잠시…….''

"아니오. 녹음기는 내게 맡긴 게 아니라 저 애한테 맡긴 게 아뇨? 함께 듣지요."

17호가 윗옷 호주머니에서 만년필을 꺼내자 로이는 포기한 듯 한숨을 내쉬었다.

"기자는 특종이 생명이에요. 오래전부터 제3지대 원자력 폭발 사고를 조사하고 있는데……, 그게 정부가 껄끄러워할 만한 내용이라서요. 제3지대에 대해 모두 쉬쉬하는 데다, 지금 상황이 어떤지 알 수도 없고. 도시가 폐쇄됐으니……."

"직접 가보면 되지요."

"아, 그게……. 아시다시피 군인들이 지키고 있잖아요. 무섭기도 하고……."

"하하하, 기자가 무서워서 취재를 못 한다? 그런데 왜 애 외할아버지는 인터뷰하려 했습니까?"

17호 말에 로이가 양손으로 얼굴을 비비더니 목이 탄다며 마실 것을 찾았다. 주방에서 찬물을 갖고 오자 로이는 단숨에 마셨다.

"솔직히 이 도시에서 잡동사니 기사만 쓰는 게 지긋지긋합니다. 송 교수님은 유명한 공학자시죠. 13년 전 정부 지원으로 상당히 큰 프로젝트를 성공시켰다고 알려졌고요. 기자들 사이에 그게 원자력과 관련된 프로젝트라는 이야기가 나돌았어요. 송 교수님은 누구나 부러워할 정도로 성공 가도를 달렸는데 이상하게 한번도 인터뷰한 사람이 없더군요. 송 교수님만 털면 뭐가 나올 것 같은데……. 처음엔 정부가 철저히 보호한다고 생각했는데, 지나고 보니 보호가 아닌 감시를 한 거 같아요. 그런데 왜 감시를 했는지를 모르겠단 말이에요. 만나서 예전 그 프로젝트에 대해서 묻고 싶었어요. 그것만 알면…… .”

로이가 잠시 말을 멈추더니 내 쪽으로 고개를 들이밀었다. 얼결에 나는 손으로 로이의 얼굴을 밀어냈다.

“혹시 송 교수님이 네게 뭘 안 주시던? 과자나 옷 그런 거 말고 아주 중요한 거라면서, 엄지 손톱 만한 작은 기계 같은 거. USB라고, 온갖 정보를 담을 수 있는……. 아, 마지막으로 이곳에 온다고 해서 뭔가 진실에 한걸음 다가가나 했는데…… .”

USB가 무엇인지는 나도 안다. 나는 외할아버지가 내게 준 선물을 생각해봤다. 자전거, 옷, 모자, 운동화, 야구공, 배트 등. USB가 어디에 있을지 잠깐 생각해 봤지만 떠오르지 않았다.

외할아버지에게 받은 것들을 하나하나 떠올리는 동안, 내심 기대하며 나를 빤히 보던 로이는 실망스러운 표정을 지었다.

“그 영감 정말 치매가 심하긴 심했나 보네, 아우 씨.”

로이는 양손으로 머리를 붙잡고 흔들었다. 송 교수님이 영감으로 바뀌었지만 로이는 알아차리지 못했다. 만약 USB를 찾는다 해도 절대 로이 손에 가는 일은 없을 거라고 다짐했다.

제3지대 원자력 폭발 얘기라면 나도 잘 안다. 재빠르게 도시 폐쇄를 결정하지 않았다면 나라 전체가 큰 피해를 입고 외계인처럼 생긴 아이들이 태어났을 거라고 말이다. 그 폭발 사건을 앞에 앉은 로이가 파헤치려 한다는 소리다. 한 마디로 원자력 폭발에 숨은 진실이 따로 있다는 소린데, 복잡하다. 게다가 외할아버지는 원자력 폭발과 무슨 관계가 있다는 것인가.

"내가 말이에요. 얼마나 고생을 했는지 알아요? 이곳에서 태어나 죽기 살기로 공부해서 룩스에 있는 대학교에 갔죠. 시티 타임스에 입사했으니 당연히 수직 상승할 거라고 생각했는데 결국 이곳으로 발령났단 말이에요. 처음에 있던 곳으로 리턴! 평생 고만고만한 사람들이나 만나 고만고만하게 살아야 하다니!"

로이는 17호에게 허락도 구하지 않고 마음대로 술을 가져다 마셨다. 벌써 두 병째다.

"정부에서 쓰라는 걸 그대로 받아쓰기만 해도 사는데 별 어려움은 없잖나?"

17호가 반말로 툭 한 마디 던지자 로이가 들고 있던 술병을 벌컥벌컥 들이켰다.

"크아, 좋다! 비꼬시는 거예요? 뭐, 나라고 처음부터 받아쓰기를 했겠어요? 싸우기도 하고 그랬죠. 근데 밥줄을 잡고 흔들어 대는데 당할 수 있나요? 먹고 살아야죠. 비겁하다고요? 나만? 나만 그럽니까? 다 그러는데. 사실 말이에요, 이 취재도 처음엔 진심으로 제3지대의 진실을 파헤치고 싶어서 일하는 짬짬이 했어요.

그런데 취재하면 할수록 절대 기사화 못하겠다 싶더군요. 그런데도 왜 하냐? 이게 나를 천당으로, 내게 천당은 룩스니까. 룩스 시민권을 받을 수 있는 로또가 되겠다 싶더란 말입니다. 지들이 어쩔 거야? 내가 핵폭탄급 진실을 밝혀버리면. 근데 꿈이었어요, 꿈. 어이, 똑똑한 학생, 진짜 없어? 뭐 없냐고?"

"애한테 시비 걸지 말게. 그리고 내 하나 알려 주지. 자네는 절대 룩스 시민이 될 수 없네. 아, 물론 나라에서는 누구나 노력하면 룩스 시민이 될 수 있다고 하지. 말도 달리려면 당근이 필요하니까. 그런데 룩스 시민권은 누구도 먹을 수 없는 당근이라네."

"헛소리. 당신 따위가 뭘 알아? 당신, 지금 정부 비판한 거요. 내가 시민관리국에 고발하면 어떻게 되는지 알죠?"

로이의 협박에도 17호는 눈썹 하나 까딱하지 않았다.

"내가 룩스 시민이야. 다 밝힐 순 없어도 그 시스템에 대해서는 누구보다 잘 알지."

"예에?"

로이가 놀란 만큼 나도 놀랐다. 스스로 신분을 밝히다니.

"룩스 시민이 되는 길은 단 하나야. 돈을 갖다 안기는 거네. 물론 천문학적인 숫자로. 진짜 로또가 되야 가능하단 말이네. 하하, 다른 방법은 없어. 자네가 기자라 해주는 말인데, 룩스 기자도 별수 없다네. 자네랑 다를 바 없이 열심히 받아쓰기나 하는 신세란

말야. 아주 또박또박. 덕분에 이 나라는 언제나 평화롭고 살기 좋은 나라란 말이지. 잘 가게. 참, 이거 가져 가게!"

만년필을 로이에게 주고 17호는 천천히 밖으로 걸어 나갔다. 잔디밭에 늘어지게 누웠던 쿠키가 17호 곁으로 달려왔다. 의자에 앉은 17호는 발치에 있던 작은 작대기를 집어들더니 멀리 던졌다.쿠키는 달려가 작대기가 땅에 닿기 전에 잡아챘다.

로이는 패잔병의 모습으로 사라졌고 17호와 나는 별말 없이 앉아 있었다. 17호는 쿠키가 물어온 작대기를 쿠키 입에서 빼내 다시 던졌다.

"비밀경찰, 맞죠?"

"글쎄, 맞기도 하고 아니기도 하고."

"아오, 맞으면 맞고, 아니면 아니지."

"세상 모든 게 예스 또는 노인 줄 아니? 중간도 있어."

더 물어봤자 제대로 답해 줄 것 같지 않았다. 17호는 내 얼굴을 보고 싱긋 웃더니 쿠키가 물고 온 작대기를 다시 던졌다. 17호는 던지고 쿠키는 물어왔다. 계속 반복되는 그 동작을 지켜보는데, 문득 떠오르는 게 있었다.

"저 가요!"

나는 집으로 뛰어갔다. 2층 방으로 뛰어가서 방 안을 샅샅이 뒤졌다. 없다. 침대 밑에도 없다. 다시 1층으로 내려가 눈으로 거실을 샅샅이 뒤졌다. 소파 안쪽에 색이 바랜 야구공이 있었다.

저녁을 먹은 뒤 엄마를 도와서 뒷정리를 했다.

"엄마, 할 말이 있어요."

"방에서 얘기할까? 아니면 여기서."

"내 방에서요."

나는 커튼을 쳤다. 엄마가 의자에 앉자 침대 밑에 챙겨 두었던 것들을 꺼냈다.

"헉!"

엄마 입에서 작은 비명이 터져 나왔다. 깃발로 안감을 댄 이불과 USB였다. 엄지손톱 반 만한 크기의 USB는 비닐에 싸인 채 외할아버지가 준 야구공 안에 있었다. 나는 가만히 엄마를 바라봤다. 나는 들을 준비가 됐고 이제는 엄마가 이야기해야 한다.

제3부
굿 파이트

세상에는 생각보다 어리석고 멍청한 사람이 많아.
위험하고 자신에게 도움이 안 되는 일인 줄 알면서도
어떤 일에는 목숨까지 걸지.
하지만 그 어리석고 멍청한 사람들이 세상을 조금씩,
좋은 방향으로 변화시키기도 하지.

우리가 바란 것은 아주 작은 거라고 생각했어. 모두가 평등하게 자유를 만끽하면서 평화롭게 사는 세상 말이야. 숨을 쉬는 것만큼이나 당연하다고 생각했단다.

　오래전 룩스는 그냥 이 나라의 행정 수도였어. 당시 정부는 룩스를 세계의 중심 도시로 만든다며 성장, 개발 중심의 정책을 펼쳤어.

　공사 소리가 끊이지 않았고 시간이 갈수록 숲과 강이 사라져갔어. 룩스가 세계적인 도시가 된다는 생각에 사람들은 참고 참았지만 건물이 올라갈수록 사람들이 죽어 나갔지. 빠른 속도로 건물을 올리느라 공사 현장에 있는 인부도, 건물 때문에 갈 곳을 잃은 사람도 죽었지만 정부와 기업은 한통속이 되어 꼼짝도 안 했어. 우리는 저들에게 돈과 마찬가지로 숫자에 불과한 존재였던 거지.

　'사람은 도구가 아니다', '생명을 위협하는 경제 발전 필요 없다'는 피켓을 들고 거리에 나섰어. 누가 시켜서가 아니라 자연스럽게 사람들이 모인 거야. 그래 봐야 정부는 끄떡도 않았고 대신 개발에 찬성하는 사람들이 우리 맞은편에 섰지. 그들은 경찰의 보호 아래 주먹을 휘둘렀어. 참, 기가 막혔지.

우리는 정부를 더는 믿을 수 없다고 판단하고 혁명을 계획했어. 혁명, 말만으로도 가슴이 떨리고 먹먹해지는구나. 우리는 룩스뿐만 아니라 다른 도시의 뜻있는 사람들도 모았어.

그런데 혁명을 코앞에 두고 남서쪽 작은 도시에서 원자력 폭발 사고가 났어. 신문과 방송에서는 만 명 이상이 죽고 셀 수 없을 정도로 많은 사람이 방사선에 피폭됐다고 떠들어댔지.

우린 우리끼리 싸우게 됐어. 예정대로 혁명을 해야 한다는 이들과 사고를 당한 시민들부터 돌봐야 한다는 사람들로 나뉘어졌거든.

결국 혁명은 보류되었고 아빠는 사람들과 함께 그곳으로 갔단다. 그게 마지막이었어. 도시가 폐쇄됐거든.

정부에서 도시 폐쇄를 알렸을 때 가족을 그곳에 둔 사람들은 강력하게 반발했지만 다른 수가 없었어. 정부가 피폭된 사람과 접촉하면 그것만으로도 방사선에 노출된다든지, 끔찍한 질병을 앓게 되고 얼굴이 이상하게 변한다는 말도 안 되는 선동으로 무서운 공포심을 줬거든. 사람들 대부분이 도시 폐쇄를 천성했고 그곳을 제3지대라 불렀지. 그렇게 버려진 도시가 되고 말았어.

룩스에 남은 우리는 광장에서 도시 폐쇄에 반대하는 시위를 했지. 많은 사람들이 우리와 함께할 거라는 희망을 품고서. 그런데 경찰이 폭력 진압에 나서자 사람들이 겁을 먹고 떠나기 시작했어. 남은 우리는 격렬하게 맞섰지만 철저히 고립되었고 결국 모두 체포됐단다.

국가안전연구소에 일하는 외할아버지 덕분에 나는 처벌은 면했지만 자술서 쓰는 것을 거부한 까닭에 룩스에서 추방당했어. 외할아버지는 그깟 자술서 하나 쓰는 게 뭐 그리 어렵냐고 했지만 그럴 수 없었어. 잘못한 게 없는데, 그런 걸 쓰는 건 함께한 사람들을 배반하는 것 같았거든.

나중에 네 아빠가 제3지대에서 반정부 운동을 하고 있다는 소식을 들었을 때 얼마나 기뻤는지. 최소한 아무것도 못한 것은 아니니까. 아빠는, 살았는지 죽었는지 몰라. 너한테 미안하지만 그때부터 나는 살아도 산 게 아니었어.

신, 나는 가끔 생각한단다. 그때 아빠와 사람들이 그곳으로 가지 않고 계획대로 혁명을 일으켰다면, 그랬다면 어떻게 됐을까 하고 말이지.

01

살아있는 한 기억해야 할 이야기였다.

"17호는 어떻게 알아요?"

"피켓 들고 거리로 나섰을 때, 우리를 감시하던 비밀경찰 중에 한 명이었어."

"예엣?"

"기자로 위장하고 우릴 감시했단다. 그 사람 눈에 우리는 나라의 안전을 위협하는 나쁜 사람들이었을 거야. 하지만 우리와 함께 하는 시간이 늘어나자 갈등이 됐나 봐. 스스로 경찰이라고 고백하더라고. 마지막 날까지 함께하겠다고 우겼지만 우리가 돌려보냈어. 나중에 우리 편에 서달라고 부탁하면서. 우린 이미 알고 있었거든. 우리가 질 거라는 거."

그제서야 퍼즐 조각이 제자리를 찾아 딱딱 맞아떨어졌다.

"신, 이건 엄마가 알아서 할게."

엄마가 USB를 집으려 하자 급하게 막았다.

"알고 싶어요, 나도 알고 싶다고요!"

가슴이 뛰었다. 외할아버지가 몰래 준 USB라면 틀림없이 중요한, 어쩌면 세상을 뒤집어 엎을 만한 내용일지 모른다.

"이건 아저씨한테 주면 돼. 아저씨가 우리 옆집으로 이사 온 것도 모두 계획된 일이야. 이것 때문에 말이야."

외할아버지는 몇 년 전부터 진실을 밝히고 싶었지만 사마귀들의 감시를 벗어날 수 없었다. 그때부터 17호에게 USB를 전할 방법을 찾았다. 그게 바로 요양원에 가기 전 우리 집을 방문하는 거였다고 했다. 17호는 이 일을 위해서 웰컴으로 파견을 신청했다.

"아저씨도 웰컴으로 오기가 쉽지 않았어. 룩스보다 레벨이 2단계 이상 떨어지는 곳으로 자진 파견을 요청하다니, 의심을 살만하잖아. 그래서 아저씨는 멀쩡한 다리까지 다쳐가며 현장 근무를 할 수 없다고 상부에 보고했어. 이곳에서 요양하면서 정보 수집을 하겠다고 말이야. 외할아버지가 치매에 걸리는 건 예상하지 못한 일이었어. 그런데 외할아버지는 정신을 잃으시고도…… 당신 약속을 기억하신 거야."

나는 울먹이는 엄마 손에 USB를 쥐어 주었다.

"엄마, 나 군정 예비 학생이 됐어요. 장교가 돼서 엄마랑 행복하게, 룩스에서 살고 싶다는 꿈이 있었거든요. 만약 엄마가 아빠에 대해 조금만 일찍 솔직히 얘기해 주었다면 그런 꿈은 생각도 안 했을 거예요."

"난 네가 다치지 않기만을 바랐어. 신, 넌 내가 살아가는 이유야. 이건 아저씨한테 가져다줄게. 그러면 돼. 나머지는 어른들이 해결해야 할 문제야."

나는 고개를 흔들었다.

"넌 다 컸다고 생각할지 모르지만 내겐 여전히 아기란다."

"엄마, 난, 아기가 아니에요."

나는 활짝 웃으며 팔뚝에 생긴 계란만한 알통을 보여줬다.

"그래. 어른도 아니지만 아기는 더더욱 아니지."

강에게 맞선 일로 군정 예비 학생에서 탈락할 수 있겠다고 생각했다. 그런데 뜻밖에도 이안은 날 보자마자 어깨를 두드리며 기뻐했다.

"배운 것을 제대로 써먹었더구나. 이럴 때 난 보람을 느끼지."

비아냥거리는 게 아닌가 했는데, 진심 같았다.

"선생님, 자신에게 도움이 되는 규정이나 정보는 모든 학생이 알아야 하는 게 아닌가요?"

"좋은 질문이다. 사회가 제대로 굴러가는 것은 수많은 규정이 있기 때문이고, 그중에는 자신에게 도움이 될 수 있는 규정이나 정보가 많아. 그런데 왜 모든 사람이 아니라 소수만 그 규정과 정보에 대해 알고 있느냐? 그건 아주 간단해. 개나 소나 자기 편의대로 규정과 정보를 사용하면 세상은 복잡해지고 혼란스러워져. 그래서 나라에서 일정한 자격을 갖춘 사람에게만 규정과 정보에 접근할 수 있도록 제안한 거지. 보다 많은 규정과 정보를 알게 된다는 건 권력의 중심에 있는 중요한 사람이 된다는 뜻이다. 넌 네가 아는 규정을 아주 적절하게 써먹었어. 강 선생도 네가 정부에서 관리하는 학생인 걸 알았을 테니 앞으로는 함부로 대하지는 못할 거다. 하지만 졸업 때까지는 조용히 지냈으면 좋겠다."

나는 더 묻고 싶었다. 정부는 어떤 원칙으로 그 자격을 구별하는 거냐고? 뉴스를 보면 첫 시작부터 우리나라가 공평하고 평등하다고 떠들면서 왜 실상은 그렇지 않느냐고.

몇 달 전이라면 몰라도 지금의 나는 그런 것까지 캐물어 이안을 불편하게 할 만큼 눈치가 없지는 않다. 이안의 말대로 나는 교실에서 조용히 지냈다.

삐딱이가 벌써 사흘째 결석이다. 쉬는 시간에 공중전화로 전화를 걸어 봤지만 아무도 받지 않았다. 종례가 끝나고 강한테 갔다.

"잘나디 잘난 26번, 무슨 일이지?"

"재희가 왜 결석했는지 알고 싶어서요."

"친구는 자신의 거울이라는 말이 있지. 훌륭한 미래가 보장된 네가 왜 그런 애와 어울리는지 모르겠구나. 너도 네 수준⋯⋯."

"왜 결석했는지, 알고 싶습니다."

때리는 것 못지않게 비꼬는 데에도 뛰어난 강의 말을 끝까지 들어 줄 마음이 없었다. 강의 입이 삐뚤어졌다.

"할머니가 죽었다. 내일까지는 학교에 못 나올 거다."

'죽었다'가 아니라 '돌아가셨다'고 해야지 않나? 말 한마디 제대로 안 하는 강에게 속으로 빽큐를 수십 번 날렸다. 나는 대충 고개를 숙여 인사를 하고 밖으로 나와 자전거에 올랐다. 평소보다 더 빨리 페달을 밟았다.

삐딱이는 엄마, 동생과 함께 집 밖 공터에서 할머니의 옷가지와 짐을 불태우고 있었다. 가까이 다가가서 만난 삐딱이 엄마는 예전에 봤을 때보다 훨씬 늙고 지쳐 보였다.

"할머니 잘 가!"

하얀 원피스를 입은 진이가 하늘로 올라가는 연기를 보며 단풍잎 같은 손을 흔들었다. 죽음이 어떤 의미인지 잘 모르는 밝은 소리였다. 나는 옆에서 삐딱이를 도왔다. 모든 것이 재가 된 다음에 삐딱이 엄마와 진이는 집으로 들어갔다. 삐딱이는 흙바닥에 양반다리를 하고 앉았다.

"나 안 울었다."

퉁퉁 부은 눈으로 천연덕스럽게 거짓말을 하는 삐딱이를 향해 엄지를 치켜 올렸다.

"자살하셨어. 집 내놓았다는 얘기 듣고서. 근데 우리 집 예전에 팔렸어. 지금 세 사는 건데……. 어제 짐을 정리하는데 이불장 밑에서 보자기에 싼 돈이 나왔어. 엿 같지? 그 돈으로 맛있는 거나 좀 먹고 놀러도 좀 가고 하지. 그냥 고생만 뭣같이 하다가……."

삐딱이 입에서 거친 욕이 쏟아졌고 나는 묵묵히 들었다.

"오빠, 밥 먹자!"

대문 앞에서 진이가 손나발을 만들어 외쳤다.

"먹고 슬퍼해, 짜샤!"

꼼짝도 안 하려는 삐딱이를 억지로 일으켜 세웠다.

지나가 삭발을 했다. 세상 어떤 여자도 더운 날씨 때문에 머리를 삭발하지는 않는다. 아파 보이지 않아서 다행이었지만 지나한테 어떤 일이 벌어졌는지 알고 싶었다. 빅이랑 헤어지고 가슴 아파서 머리를 자르려다 완전히 밀어버린 것은 아닌지 걱정이 되었다. 한편으로는 정말 그랬으면 좋겠다는 생각이 들었다.

"우와, 키 엄청 컸다. 이제 꼬맹이 아니라 쫌 남자 같다."

나도 몰랐는데 키가 그새 많이 컸다. 물론 지나보다 더 크려면 아직 멀었지만.

"인사 안 해?"

지나랑 껴안고 인사를 나눈 엄마가 나를 쿡쿡 찔렀다.

"미, 미안해."

"뭐, 뭐가?"

지나 말에 뭐라고 답할지 몰라 진땀을 빼고 있는데 지나가 내 등을 탁 쳤다.

"원래 네 나이 때는 이유도 없이 짜증 나고 눈물도 나고 그래. 나는 너보다 훨씬 심했어. 조울증인 줄 알았다니까."

그게 아니라고, 널 좋아해서 그랬다는 말은 할 수 없었다.

17호는 인사도 않고 일인용 소파에 앉았다. 허벅지에 총 맞은 것은 잘 아물어서 생활하는 데는 불편이 없는 것 같았다. 쿠키는 이곳저곳을 정신없이 돌아다니면서 킁킁거렸다.

'시위에 나선 사람들이 다쳐서 오면 정신이 없었어. 기계적으로 피를 닦아내고 상처를 소독하고. 계속 반복하다 보니 어느 순간 피를 보기만 해도 욕지기가 나고 도망치고 싶더라. 그때 아저씨가 술을 주더라고. 한 병밖에 없었는데 그걸······.'

끝맺지 못한 엄마의 말 뒤에는 수많은 얘기가 숨어 있었다.

"왜? 내 얼굴에 뭐 묻었냐?"

17호가 자기 얼굴을 매만지며 물었다.

"내 눈인데, 내 맘대로 보지도 못해요."

엄마를 술꾼으로 만든 주범인데, 온갖 저주를 퍼부어야 하는데 그럴 수 없어서 짜증이 났다. 나는 시선을 다른 곳으로 돌렸다.

룩스 곳곳에서 시위가 일어나고 있다. 한 달 전, 룩스 외곽에 세우던 쌍둥이 빌딩이 무너지면서 50여 명이 목숨을 잃었다고 했다. 이 일로 룩스 시민들이 개발 반대를 외치며 시위에 나섰고, 정부는 이들을 반정부 세력으로 규정하고 막무가내로 붙잡아 들였다. 그 바람에 시위가 더 확산되었다고 했다. 시위대는 쌍둥이 빌딩을 중심으로 방어벽을 치고 경찰과 대치 중이라고 한다.

17호의 얘기는 아주 까마득한 옛날이야기거나 영화나 책으로 본 이야기 같았다. 그런 일이 현실에서 일어난다는 것은 상상하기 어려웠다.

"아저씨는 왜 거기 갔어요?"

"시위를 주도한 사람을 만나기로 했거든. 제대로 취재해서 사람들에게 알려야 할 것 같아서 말이야. 예전에는 가짜 기자였지만 이번엔 진짜 기자를 해보려고."

인터뷰도 잘 마치고 자료를 챙겨서 웰컴시까지 왔는데 불심검문에 걸려 도망치다가 총을 맞았단다.

"비밀경찰이잖아요?"

"군인들한테는 안 통해. 공포탄인 줄 알았는데……. 아유."

17호는 USB에 담긴 내용을 안전하게 볼 수 있는 곳으로 가자고 했다. 그런데 그곳이 지나가 사는 별장일 줄은 몰랐다.

17호는 지나가 룩스 개발 정책에 반대하는 자연협회 회원이고, 쌍둥이 빌딩 시위 때도 그곳에 있었다고 했다.

우리는 2층 지나 방 컴퓨터를 둘러싸고 다닥다닥 붙어 앉았다. 17호가 USB를 지나에게 건네자 지나가 컴퓨터에 꽂고 USB에 담긴 파일을 작동시켰다.

"음음, 안녕하십니까, 여러분. 저는 국가안전연구소 책임 연구원 송준호입니다. 이 영상이 제대로 전해져서 꼭 진실이 밝혀지기를 바랍니다. 지금으로부터 13년 전 지금은 제3지대라고 불리는 이음에서 원자로 2호기와 3호기, 4호기가 연달아 폭발한 원자력 사고를 잘 알고 계실 겁니다. 정부에서는 이 원자력 사고가 최고 위험 수준인 슈퍼 A등급 사고라며, 방사능이 누출된 인근 도시 2곳까지 폐쇄했습니다. 그리고 지금까지 제3지대는 정부 통제 아래 철저하게 베일에 가려져 있습니다. 저는 제3지대 폐쇄에 의문을 품고 있습니다.

원자력 폭발 사고가 있기 약 한 달 전, 이음시에서 한 청소년이 발가벗겨진 채로 국기에 매달려 집단 폭행을 당한 일이 있었습니다. 가해자는 이음에 놀러온 룩스 청소년들이었고 이들은 어떤 처벌도 받지 않았습니다. 당시 이음은 룩스와 제휴를 맺고 관광객 유치를 위한 사업을 막 시작한 단계였습니다. 그래서인지 이음은 적극적으로 사건을 은폐했는데, 진상이 조금씩 알려지면서 시민들이 가해자 처벌을 요구하며 시위를 벌였습니다.

예, 아마 대부분은 이런 일이 있었는지 모르실 겁니다. 언론은 진실을 밝히기보다 정부와 결탁했거든요. 그리고 얼마 지나지 않아 원자력 폭발 사고가 났습니다. 정확히 말하면 원자력 폭발 사고가 났다고 알려졌고, 실체는 아무도 못 봤습니다.

　물론 원자력 폭발 사고 현장의 끔찍한 사진이나 영상은 본 적이 있을 겁니다. 사고 영상 중 제일 많이 알려진 영상이 바로 이 영상입니다. 온갖 잔해가 도시를 뒤덮고 있고 시커먼 연기가 솟아오르고 사람들이 비명을 지르며 울부짖는, 이 영상 말입니다.

　한 가지 말씀 드릴 수 있는 것은, 이 영상은 진실이 아닙니다. 영상을 보세요. 이 영상은 기자가 직접 촬영한 영상이 아니라, 제가 만든 15분짜리 영상입니다. 진짜처럼 보이지만, 가짜입니다. 일종의 영화라고 할 수도 있죠. 레이저 광선으로 2차원 표면에 3차원 입체를 표현하는 기술인 홀로그램입니다. 저는 정부 지원으로 홀로그램을 이용해 실제와 구별되지 않을만큼 정교한 영상을 만드는 연구를 해왔고, 그 과정에서 바로 이 영상, 원자력 사고 영상을 만들었습니다. 기술 개발을 위한 연구라고 생각했는데 제 연구가 이렇게 도용될 줄은 몰랐습니다. 더불어 지난 13년, 저는 감시와 통제를 받으며 로봇처럼 살았습니다.

　원자력 폭발 사고 영상이 제가 개발한 홀로그램 영상이라는 것을 알 수 있는 초기 프로젝트 계획서와 콘티 등 여러 자료를 보세요. 제 말이 사실인 것을 알 수 있을 겁니다. 늦었더라도 이 영상이 모쪼록 많은 분들께 전해져서 진실을 밝히는 데 도움이 되길 바랍니다."

02

"원자력 폭발 사고가 가짜인 거예요?"

내 질문에 아무도 답하지 않았다. 모두 곰곰이 생각하는 모양이었다. 17호가 창문을 활짝 열었다. 시원한 가을바람이 방 안으로 들어오자 뜨겁던 공기가 조금 옅어졌다.

"그건 아직 몰라. 원자력 폭발 사고가 났다고 했을 때 대부분은 올 것이 왔다고 생각했어. 거기에 7기의 원자력발전소가 있었는데 1, 2, 3, 4호기 모두 노후되어서 문제라는 얘기가 계속 있었거든. 원자력 폭발 사고가 난지 얼마 되지 않아서 사고 부근에 갔지만 나 역시 들어갈 수 없었어. 경찰 신분인데도 안전을 이유로 통제하더라고. 그곳은 군이 통제했고 원자력 폭발 사고로 도시가 시커멓게 변하고 다친 사람들의 모습이 담긴 영상만 여기저기 나돌았어. 어느 기자가 목숨을 걸고 취재한 거라고 믿었지. 그런데 나랑 친한 기자가 그런 말을 하더군. 자신이 아는 기자 중에 누구도 그곳을 취재한 사람이 없다고. 그러면 원자력 폭발 사고 관련 영상과 사진은 도대체 누가 찍은 걸까? 도시 폐쇄도 너무 급박하게 이루어졌지. 혁명을 미루고 사람들을 돕겠다며 제3지대로 간 사람들은 어떻게 됐을까 하는 의문이 들어. 그러다 보니 비밀경찰인 내 정체성에 혼란이 생겼지. 나중에 네 아버지를 비롯해 여러 명이 폭동을 일으켰다는 기사가 있기는 했지만 실제 어떤 일이 있어났는지는 아무도 몰라. 그런데 이음에서 그런 사건이 있는 줄은 상상도 못 했어. 이음 시민이 들고일어났다면 정부에서는 어떤 식으로든 이음의 불만을 잠재우려고 했을 거야. 사실 난 정부가 시월에 있을 혁명을 미리 알고 손쓴 게 아닐까 하는 생각을 했었어. 그 생각을 할 때마다 결론은 '아니다'였지. 하지만 이걸 보니 그럴 수도 있다는 생각이 들어."

외할아버지가 말한 얘기에는 사실을 입증할 수 있는 자료가 있다. 진실이다. 하지만 영상이 가짜라고 해서 원자력 폭발 사고가 가짜라고 할 수는 없다.

화면이 검게 변하자 우리는 외할아버지의 말이 다 끝난 줄 알았다. 17호 말에 귀를 기울이고 듣고 있는데 컴퓨터에서 다시 소리가 났다.

"내 딸 윤아, 미안하다는 말 밖에 할 수 없어, 더 미안하구나. 정부는 네 목숨을 볼모로 내 입을 막았다. 널 위해서 어쩔 수 없다고 생각했지만 이제서야 내가 비겁했다는 것을 알겠다. 너와 신이랑 함께 살기를 바랐는데, 사랑하고 미안하다."

담담하게 말하던 외할아버지의 얼굴이 조금씩 일그러져갔다. 가늘게 흐느끼는 소리가 들렸다. 엄마가 아니라 지나가 우는 소리였다. 엄마가 지나 등을 손으로 토닥였지만 지나는 울음을 멈추지 않았다. 지나는 손으로 입을 틀어막고 방을 뛰쳐나갔다.

의외로 엄마가 담담했다. 엄마의 손에는 어느새 술병이 들려 있었다.

"알아요, 아버지!"

한참만에야 엄마가 속삭이듯이 말했다.

17호는 바다를 바라보고 엄마는 술을 홀짝였다. 모두에게 시간이 필요했다. 한참 뒤 17호가 컴퓨터에서 USB를 뽑아서 챙길 때 문이 활짝 열렸다.

"우리 맛있는 거 먹어요. 아저씨가 바비큐 준비를 하셨어요."

언제 울었느냐는 듯이 지나 얼굴은 말끔했다.

"거 좋지. 요즘 제대로 먹지를 못했는데."

17호가 맞장구쳤고 엄마도 박수를 치며 환호했다.

내 머리는 외할아버지가 남겨준 USB로 꽉 차 있는데 어이가 없어서 엄마, 지나, 17호 얼굴을 번갈아 쳐다봤다.

"그만 머리 굴려. 일단 배부터 채우고 그다음 다시 머리를 굴려보자고!"

지나가 내 목에 손을 두르며 말했다. 희생된 돼지를 생각해서라도 열심히 먹기로 마음먹었다.

"머리는 왜 잘랐어?"

사람들 눈길이 내게 쏠렸다. 엄마가 헛기침을 하며 눈짓을 보냈지만 신경 쓰지 않았다.

"반항하려고."

뼈다귀에 붙은 살점을 발라먹던 지나가 대수롭지 않게 넘겼다.

"너도 엄마가 네 마음 알아주기를 바라면서 밥도 안 먹고 그럴 때 있지? 나도 그런 거야. 아빠한테 내 마음 알아달라고. 어, 너 정말 내 말 믿었어? 으하하하! 웃긴다."

처음 얘기를 듣고 사실일까, 거짓말일까 마음이 오락가락했는데 이어지는 말에 짜증이 났다. 나는 쥐고 있던 포크를 신경질적으로 놓았다.

"괜찮아? 저번에 잡혀서 끌려갔잖아."

"그럼요! 봐요, 말짱하잖아요. 잘나가는 아빠 덕분에, 나는 무사하게 나온답니다."

지나 아빠는 고위 관리인가 보다.

"아버지가 뭐라고 안 해?"

"포기했나 봐요. 아버지는 아버지 대로 살고 저는 저대로, 각자 사는 거죠, 뭐."

"자식을 포기하는 부모는 없어."

17호와 지나가 주고받는 말에 엄마가 끼어들었다.

"그런가요? 하긴 내가 먹고 입는 것 모두, 이곳에 있는 것도 아빠 덕분이죠. 사람들을 선전 선동해서 돈도 벌고 성공하고. 저는 그게 못마땅하지만 아이러니하게도 그렇게 번 돈으로 배부른 돼지처럼 우걱우걱."

'우걱우걱'이라는 말에 맞춰 지나가 양손을 말아 입가에 대고 먹는 흉내를 냈지만 아무도 웃지 않았다.

"아빠도 어쩔 수 없이……."

"아, 무슨 말인지 알아요. 신이 외할아버지가 언니와 신이를 지키려고 했던 것처럼 아빠도 절 위해 그런다는 거죠. 하지만 신이 외할아버지와 아빤 달라요. 우리 아빠는 누구보다 즐거운 마음으로 거짓말을 하고 계시죠. 미스터 빅마우스, 라는 자신의 이름을 딴 토크쇼를 통해서 말이죠. 아빠 얘기 그만하고 배 터지게 먹자고요."

나는 숟가락을 떨어뜨리고 말았다.

"비, 비, 비, 빅이 아빠?"

아무도 내 말에 대답하지 않고 열심히 밥만 먹었다. 내가 굳게 믿은 장벽이 단단한 벽돌이 아니라 빈 쭉정이처럼 느껴졌다. 그동안 나 혼자 지레짐작하고 고민한 게 바보 같고 부끄러웠다.

"야, 네가? 말도 안 돼! 그 사람들이 어떤 일을 하는 줄 알아?"

지나가 들고 있던 포크와 숟가락으로 엑스 자를 크게 그렸다.

나 혼자 창피해하는 동안 무슨 대화를 하는지 놓쳤다. 옆에 앉은 엄마가 '군사정보학교'라고 짧게 말했다. 군정 예비 학생이 됐다는 얘기를 듣고서 지나가 말한 것 같았다.

군정의 학생이 어떤 일을 하고 졸업한 뒤에는 어떤 일을 하는지 충분히 알고 있다고 생각했다. 17호가 말하기 전까지.

"군정에 입학해서 졸업하면 장교가 될 수 있고 여러 가지 특혜를 받을 수 있는 것은 사실이야. 하지만 군정을 졸업해서 장교가 되는 사람이 반이나 될까? 나머지 훈련생은 대부분 용병부대 소속이 돼서 다른 나라 전쟁터나 분쟁 지역에 투입돼. 언제 죽을지 모르는 싸움터로 내몰리는 거야."

"저, 정말이에요?"

17호가 해준 이야기는 충격적이었다. 입학생 모두 장교가 된다고는 생각하지 않았지만 절반은 예상치 못한 수치다. 더구나 장교가 되면 내 나라의 안전을 지키고 국민을 보호한다고 생각했지 사람을 다치게 하거나 죽이는 것은 상상도 못했다. 해외 활동이 다른 나라 싸움터에 나가서 남의 국민을 죽이는 것이라니.

"왜, 왜, 다른 나라 싸우는데 가요?"

"학생을 용병으로 팔아서 돈과 무기를 받는 셈이지. 정부는 항상 돈이 필요하고 돈이 되는 일이라면 어떤 일이라도 해. 군정이 정말 좋다면 룩스 아이들이 다 독점하지 않겠니? 그런데 몇 년 전부터 룩스 아이들은 군정에 가지 않아. 대놓고 얘기할 수는 없어도 군정의 실체를 알고 그러는 거지. 군정의 달콤한 대가는 결국,

목숨을 담보로 한 것이야."

"엄마는 알고 있었어?"

엄마가 고개를 내저었다.

"처음 듣는 얘기야. 내가 반대한 까닭은 우리를 마지막에 진압했던 게 경찰이 아닌 군인이었고, 그 군인들을 지휘했던 사람들이 군정을 나온 장교였기 때문이야. 아빠를 진압하도록 지휘한 사람도 장교겠지. 나는 내 아들이 맨손으로 거리에 나선 사람들에게 폭력을 행사하는, 정부의 꼭두각시가 되길 바라지 않아. 어시장에서 생선을 나르더라도 말이야."

17호가 말하는 군정은 내가 알던 군정이 아니었다. 전혀 다른 학교였다.

"우와, 저 배 좀 봐! 우리 진이 저거 타고 싶지, 그치?"

진이가 고개를 끄덕이자 삐딱이는 진이를 번쩍 안아 들더니 해적선 놀이기구가 있는 곳으로 빠르게 달려갔다. 까르르거리는 진이의 웃음소리는 언제 들어도 기분이 좋다.

"좋은 친구 같다."

지나 말에 삐딱이를 바라봤다. 삐딱이와 진이가 해적선을 타는 동안 나와 지나는 놀이기구 옆 야외 카페에서 기다렸다.

늘 밖에서 구경만 하던 큐에 오다니. 정확하게 말하면 지하 2층 놀이공원에 온 거지만. 놀이공원에 들어서자마자 나는 신경 써서 입고 온 옷이며 신발이 그곳의 다른 사람들과 아주 다르다는 것을 알아차렸다. 똑같은 티셔츠에 바지, 신발인데 말이다. 삐딱이가 '야, 야 기죽지 마!'라고 했지만 삐딱이 역시 이질적인 느낌을 받은 것 같았다.

'우아, 오빠 동화 속 나라 같아. 나 저거 타고 싶어!'라며 팔을 잡아끄는 진이 덕분에 정신을 차렸다. 이곳에 온 다른 사람들과 우리를 비교하면서 아까운 시간을 보낼 수는 없었다.

우리가 가는 놀이공원에는 스무 개도 안 되는 놀이기구가 있을 뿐이다. 그것도 사람이 너무 많아서 놀이기구 하나를 타려면 수십 분씩 줄을 서야 한다. 자주 가기에는 돈이 많이 들어서 아주 가끔이나 갈까 말까 한다.

큐의 놀이공원은 놀이기구도 다양하지만 공원 곳곳에서 재미있는 춤과 노래 공연을 볼 수 있었다. 지하지만 유리가 반짝이는 천장은 하늘과 가까운 것처럼 느껴졌고 곳곳에 꽃과 나비 풍선들이 빙빙 맴돌았다. 풍성한 볼거리에 색다른 먹거리까지 진이 말처럼 '동화 속 나라!'지만 이 나라에 초대받은 사람은 소수였다.

"저 애들이 부러워?"

지나가 손에 들고 있던 아이스크림콘을 내밀었다.

"화가 나요."

"오호, 좋은 반응인데. 웰컴에 있어도 웰컴 아이들은 이용도 못하는 놀이공원, 아이러니하지? 웰컴 사람이라면 당연히 화내고 왜 그런지 묻고 무엇이 문제인지 알아야 해. 나도 너처럼 화가 나. 이런 상황은 분명 잘못된 것이니까."

나는 입을 한껏 벌려 아이스크림을 먹었다. 기분과 다르게 아이스크림은 맛있었다.

우리가 앉은 의자 앞으로 여자아이를 무등 태운 남자가 지나갔다. 지나 눈이 그 뒤를 계속 쫓았다.

"아빠랑 아직 화해 안 했어요?"

"화해?"

지나가 고개를 절레절레 흔들었다.

"아빠랑 나랑? 절대 화해할 수 없어. 아빠는 우리를 위해서라고 하지만 거기에 나는 없거든. 우리 아빠는 자신을 위해서 사는 사람이야."

"나는요, 아무리 나쁜 아빠라도 아빠가 있었으면 좋겠어요. 없으면 말도 할 수 없고 화도 못 내잖아요."

내 말에 지나는 아무 말도 하지 않았다. 한참 뒤에 온 삐딱이와 진이도 아이스크림을 먹었다. 진이는 쉴 새 없이 재잘거렸고 우리는 돌아가면서 꼬박꼬박 맞장구쳐 주었다.

우리는 마지막으로 인공 호수를 가로지르는 기차를 탔다. 내내 답답했던 마음을 핑계 삼아 고래고래 소리를 질렀는데, 옆자리에 앉은 지나도 마찬가지였다. 누가 누가 큰 소리를 내나 내기라도 한 것처럼 기차가 정거장에 도달할 때까지 멈추지 않고 소리를 내질렀다.

"예쁜 누나, 정말 고맙습니다."

"짜식, 사랑받을 줄 아는구나."

차에서 내린 삐딱이는 자고 있는 진이를 업었다. 지나가 진이를 위해 사준 인형을 챙긴 삐딱이가 나를 따로 불렀다.

"너 꼭 잡아라. 몸매가 아쉽긴 하지만 돈도 잘 쓰고 멋지다."

엉뚱한 말에 놀라 삐딱이의 정강이를 걷어차자, 삐닥이가 엄살을 부렸다.

삐딱이와 진이가 집으로 들어간 뒤 나와 지나는 다시 차에 올랐다. 집에 도착할 때까지 지나도 나도 별다른 말을 하지 않았다. 나는 운전을 하는 지나를 곁눈질로 살폈다. 시간이 얼마 지나지 않아 우리 동네에 도착했다. 너무 짧아서 아쉬웠다. 내가 내리는 것을 망설이자 지나가 차 시동을 끄더니 몸을 내 쪽으로 틀었다. 할 말이 있으면 하라는 신호 같았다. 나는 오랫동안 벼르고 있던 말을 꺼냈다.

"내가, 내가, 좋아해요."

지나는 가만히 있었다. 깔깔 소리를 내며 박수를 치는 최악의 상황은 피한 셈이다.

"아, 그랬구나. 그래서 네가 이상한 거였어. 사실 내가 매력적이긴 하지. 학교에서도 사귀자고 하는 남자가, 요 앞에서 저기 끝까지 줄을 선다고."

지나는 목에 걸고 있던 펜던트 목걸이를 벗더니 뚜껑을 젖혔다. 펜던트에는 꽁지머리에 얼굴이 새까만 남자가 웃고 있었다.

"너도 충분히 멋있지만……, 애인이 있어. 지조 있는 여자라서 양다리는 못 걸치겠네."

속으로 헛웃음이 나왔다. 바보에다가 멍청이다. 지나가 빅의 애인이라고 생각한 것도 그렇지만, 지나한테 애인이 있을 거라는 생각은 왜 또 못했을까.

"그럼 애인이랑 놀지. 왜 나랑 놀자고 한 거예요?"

큐에 가고 싶다고 한 얘기를 지나가 잊지 않고 가자고 했을 때 얼마나 설레었는지, 얼굴을 들 수 없을 정도로 창피한데도 떼쓰는 아이처럼 엉뚱한 소리를 하고 말았다.

"여기에 있으면서 앞으로 내가 뭘 해야 할지 깨달았어. 나 룩스로 돌아가. 다시 만났으면 좋겠는데, 모르겠네. 신아, 넌 어떨지 모르지만 난 너를 만나서 정말 다행이라고 생각했어."

지나는 어처구니없는 내 질문을 자연스럽게 넘겼다. 지나가 나와는 다르게 어른이라는 사실을 새삼 깨달았다.

지나를 처음 만나고 그다음 날 혹시나 해서 숲에 갔었다. 그때 지나의 하얀 운동화 한 짝을 발견했다. 지나의 운동화는 내 방 책장 위 상자에 들어 있다. 지나를 다시 봤을 때 주려고 했지만 잊고 싶은 기억이 아닐까 싶어 차일피일 미루다가 간직하게 되었다. 이제 운동화를 버려야겠다는 생각이 들었다.

새출발을 알린 지나가 손을 내밀었다. 가늘지만 단단하고 따뜻한 손이었다. 지나와 다시 만날 때는 지금과 다른 멋진 모습으로 만나고 싶다.

03

USB에 있던 동영상을 본지 2주가 다 되어간다. 지나는 룩스로, 나는 학교로, 엄마는 일하러 큐에 가고, 17호는 여전히 대문 앞에 앉아서 쿠키와 함께 시간을 보내고 있다.

집을 나서는데 이른 아침부터 밖에 나와 있는 17호가 보였다. 나는 인사를 한 뒤 17호 앞에서 서성거렸다.

"왜? 똥 마려운 개처럼 그러고 있냐? 똥이 마려우면 화장실로 가야지."

내가 무엇을 궁금해하는지 알면서도 17호는 모른 척했다. 화가 났다는 표시로 발끝에 걸리는 돌을 아무렇게나 찼다.

"녀석, 어련히 알아서 하려고."

그제야 17호한테서 기다리던 반응이 왔다.

"지금 곳곳에 퍼지고 있어. 아직 네게 닿지 않았을 뿐이야. 네가 못 보는 사이에 사람들이 인쇄물을 뿌리고, 또 네가 못 보는 사이에 사마귀들이 인쇄물을 떼어내서 더딜 뿐이야. 어슬렁거리며 다니던 사마귀들이 요즘 정신없이 뛰어다니고 있단다. 정신없이 말이다."

어떤 내용의 인쇄물인지는 물을 필요가 없다.

"누가요?"

나는 17호의 오른쪽 다리를 슬쩍 봤다. 17호는 여전히 오른쪽 다리를 전다. 저 다리로 인쇄물을 거리에 뿌리기는 힘들다. 그렇다면 엄마가?

"녀석, 세상에 사람이 우리뿐인 줄 아냐? 세상에는 생각보다 어리석고 멍청한 사람들이 많아. 위험하고 자신에게 도움이 안 되는 일인 줄 알면서도 어떤 일에는 목숨까지 걸지. 하지만 그 어리석고 멍청한 사람들이 세상을 조금씩, 좋은 방향으로 변화시키기도 하지."

가슴이 두근거렸다. 두렵지만 기대가 되는 그런 두근거림이었다. 정거장으로 향하던 나는 방향을 틀어 17호한테 돌아갔다.

"줘요. 저도 할래요."

17호는 한 손에 들고 있던 지팡이로 내 머리를 때렸다.

"그 위험한 걸 내 집에 둘 것 같냐? 행여 엄마한테 물어볼 생각도 하지 마라. 엄마한테도 없을 테니. 너랑 네 엄마는 할 만큼 했어. 그걸로 충분해."

17호가 단호하게 말을 잘랐다.

17호 말을 생각하다가 수업 시간에 지적을 받았지만 상관없었다. 예전 같으면 벌점 때문에 선생의 눈치를 보며 전전긍긍했겠지만 더는 그럴 필요가 없었다. 지금과는 다른 세상이 올 거라는 기대로 한때는 크게만 느껴졌던 일들이 아주 사소하게 여겨졌다.

아까부터 속이 거북했다. 아침에 급히 먹은 빵과 소시지로 체한 듯했다. 나는 엄지와 검지 사이에 오목 들어간 부분을 꾹꾹 눌렀다. 체했을 때 엄마가 해주던 방법이었다. 속에서 끅, 끅 하고 트림이 나오는 것을 보니 체한 게 분명하다.

"오, 신이 질문 있니?"

교육 방송을 틀어놓고 시간을 때우던 역사가 손을 든 나를 향해 반갑게 물었다.

"배가 아파서 양호실에 가야 할 것 같습니다."

"아파도 왜 내 시간에 아픈 거야. 쉬는 시간까지 못 참겠어?"

"예, 못 참겠습니다."

역사는 내 얼굴은 보지도 않고 검지로 뒷문을 가리켰다. 나가도 좋다는 신호였다. 아무리 아파도, 화장실이 급해도 쉬는 시간에 가라고 하는 선생들보다는 융통성이 있다. 삐딱이가 이따 양호실로 가겠다는 신호를 줬다.

복도에서 교실을 보니 어항에 담긴 물속 같았다. 어디로 나아가도 번번이 막혀 있는 어항, 학생들은 어항 속 물고기다.

양호실 앞에서 노크를 하고 문을 열었다. 늘 자리를 지키고 있던 양호가 보이지 않았다. 배가 아니라 머리도 어지러워서 가장 가까운 침대칸에 드러누웠다. 눈을 감고 있으니 한결 나았다. 까

무룩 잠이 들었는데 급하게 문이 열리고 닫는 소리가 났다. 침대에서 일어나 아는 체를 하려는데 하얀 가운이 아닌 검정 모자에 검정 점퍼를 입은 사람이 분주히 움직이고 있었다. 다른 옷차림이었지만 양호였다.

양호는 검정 점퍼와 모자를 빠르게 벗어서 둘둘 말더니 자신이 늘 앉던 의자를 젖혀 안에 넣었다. 의자의 뚜껑을 닫고 책상 위에 걸쳐 놓은 가운을 입은 양호는 숨을 급하게 몰아쉬었다.

"저."

"으윽!"

양호는 얼른 자신의 손으로 입을 막았다. 두려움에 싸인 양호의 눈동자가 크게 일렁거렸다. 노크 소리가 나고 문이 벌컥 열렸다. 학교에 있는 사마귀 두 마리 중 한 마리였다. 이안과 상담실에 있을 때 이안과 수다를 떨던 사마귀다.

"선생님, 죄송하지만 잠시 살펴보겠습니다."

사마귀는 양호의 대답도 듣지 않고 칸막이를 한 침대와 비품실까지 낱낱이 살폈다. 얼굴이 벌겋게 변한 사마귀가 한 손에 종이를 쥐고 있었다.

"무슨 일이죠?"

평소 모습을 찾은 양호 말에 사마귀가 동작을 멈췄다.

"이 학생 말고 다른 학생은 없었습니까?"

사마귀는 고압적인 태도로 양호의 말을 묵살했다.

"배가 아파서 여기 쭉 있었는데요, 무슨 일 있어요?"

내 말에 사마귀는 나를 훑어보고는 밖으로 뛰어나갔다. 문이 닫히자 양호가 의자에 쓰러지듯이 앉았다.

"고맙다."

양호는 몇 번 숨을 크게 내 쉰 다음 내 증상을 묻더니 작은 알약 두 개를 줬다. 나는 한 입에 털어 넣었다.

"선생님, 학교에서 기억할 선생님이 있어서 좋아요. 어떤 아저씨에게 선생님은 어리석고 멍청한 사람 중 한 명이겠지만요. 알고 있는지 모르겠지만 이안은 비밀경찰이에요. 조심하세요."

양호는 '아!' 하는 감탄사를 내뱉었다.

다시 돌아간 교실은 그야말로 전쟁터였다. 예고도 없이 책가방 검사를 해서 이상한 책과 잡지, 카드, 담배 등이 압수된 아이들이 부지기수였다. 그렇지만 어떤 체벌도 없었다.

반 아이들 중 몇 명이 그 내용을 읽었을까 하는 궁금증이 생겼지만 물어볼 수 없었다. 학생 중에도 스파이가 있으니까.

"안녕하세요? 잘 지내셨죠?"

"그럼요. 어떻게 지내셨어요?"

보이는 사람마다 기계적인 인사말을 주고받았다.

"갑자기 웬 주민회의래요?"

파마를 한 통통한 아줌마가 옆자리에 앉은 사람에게 물었다.

"나도 잘 몰라요."

"뭔 일이 있나 보죠."

"좋은 일은 아닌 것 같네요."

2주나 남은 주민회의를 왜 급하게 소집했는지 그 까닭을 알아도 안다고 할 수 없는 사람들은 말을 빙빙 돌렸다.

주민회의를 할 때면 늘 있던 사마귀였지만 오늘처럼 수십 명이 모인 적은 없었다. 나는 엄마랑 다섯 번째 줄에 나란히 앉았다.

머리를 한껏 부풀리고 화려하게 옷을 차려입은 센터장이 빠른 걸음으로 강당 단상에 올라갔다.

"웰컴시 11지구 주민 여러분, 모두 잘 지내셨나요?"

"예에!"

한껏 힘준 센터장의 말소리에 모두가 장단을 맞추듯 즐거운 목소리로 대답했다.

"갑자기 주민회의를 열어서 죄송해요. 모두 일정이 있을 텐데 말이지요."

예상하지 못한 말에 사람들 모두 어리둥절한 표정을 지었다. 센터장 입에서 처음으로 미안하다는 말이 나온 것이다. 저번 센터장도, 저전번 센터장도 미안하다는 말을 한 적이 없었다.

"오늘은 중요한 일이 있어서 여러분의 귀한 시간을 나눠 쓰게 되었습니다. 이 좋은 가을에 우리를 선전 선동하고 분열을 일으키려는 움직임이 있다는 첩보가 들어왔습니다."

말이 떨어지게 무섭게 사람들이 웅성거렸다.

"요즘 거리 곳곳에서 불순한 내용의 인쇄물이 발견되고 있습니다. 인쇄물을 읽으신 분들도 계실 텐데 그게 얼마나 말이 안 되는지 잘 아실 거라고 생각해요. 지금부터 그런 인쇄물을 발견하거나 받은 분은 주민센터나 경찰서에 신고하기 바랍니다. 물론 인쇄물을 붙이거나 배포하는 사람을 신고하면 그에 상응하는 대가가 돌아갑니다. 이들은 시의 안전을 위협하고 같은 시민끼리 의심하고 싸우게 해 종국에는 나라의 전복을 시도하려는 반정부 세력입니다. 저는 선량한 여러분이 피해를 보는 일이 없도록 최선을 다해 노력할 것입니다."

센터장의 연설이 끝나자 여기저기에서 박수가 쏟아져 나왔다. 공포심을 감추기 위해서인지 사람들은 더 크게 박수를 쳤다.

사람들의 박수에 만족한 센터장은 큰 동작으로 인사를 한 뒤 단상을 내려갔고, 다시 두 사람이 단상 위로 올라갔는데 한 명은 나도 아는 사람이었다.

"어엇!"

엄마가 얼른 내 손을 꽉 잡았다.

"오늘 여기 오신 분 상당수는 센터장님이 말씀하신 인쇄물이 뭔지 알지 못하는 분들도 계실 것 같은데요, 어떤 인쇄물인지 내용을 살펴보고 진실을 밝히는 시간을 갖도록 하겠습니다. 그리고 반정부 세력을 발견했을 때 대처 요령도 알려드리도록 하죠. 먼저 강연을 해주실 분은 시티 타임스 사회부 로이 기자입니다."

부센터장의 소개를 받은 로이가 고개를 숙여 인사했다. 머리 스타일과 옷차림이 완전히 달라진 로이의 뒤편으로 커다란 스크린이 내려왔다. 로이가 들고 있던 리모컨의 버튼을 누르자 스크린 위에 화면이 떴다.

원전 폭발의 숨겨진 비밀
무엇인 진실인가?

커다란 헤드라인 아래에는 원전 폭발 당시의 영상과 사진이 있었고, 의혹을 제기하는 글이 있었다.

"사실 저 또한 13년 전 원자력 폭발 사고에 의혹을 품고 2년 전부터 진실을 밝히기 위해 취재를 했습니다. 그런데 최근 이런 인쇄물이 떠돌더라고요. 정말 그럴싸하지 않습니까?"

로이는 인쇄물을 하나하나 짚으며 제기하는 의혹에 대해 열정적으로 말했다. 그에 대한 근거는 그가 예전에 나에게 들려준 만년필 녹음기였다. 그런데 그 녹음기에서 나오는 소리는 내가 들은 내용과는 많이 달랐다.

"정말 무서웠지. 정신없이 터지는 소리가 나는데, 하늘을 보니까 시커멓더라고. 잘못하다가는 죽을 것 같아서 급한 대로 챙겨서 동쪽으로 달렸어. 규정 속도고 뭐고 할 것 없이 액셀을 밟았다니까."

"여기 사진 속 이 사람, 내 친척이야. 그런데 뭐? 이게 가짜라니! 말이 돼요, 말이? 우린 피해보상도 제대로 못 받았는데, 그런 말을 들으면 어이가 없어요. 너무 억울하다고요."

"도시를 폐쇄한 걸 두고 너무 하다고 하는데, 안 했으면? 안 했으면 우리 모두 죽은 목숨 아니에요. 참, 어이가 없어서. 핵이라는 게 그냥 병이 아니잖아요. 사람들끼리도 피해를 줄 수 있는데 그런 사람들과 어울려 살다가 가족 중 누가 죽으면? 그건 인도주의가 아니라 다 함께 죽자는 거죠. 공멸이에요, 공멸. 난 그때 도시 폐쇄를 했기 때문에 우리나라가 이만큼 안전하게 유지된다고 생각해요. 그렇게 의심이 많으면 거기 가서 살라고 해요."

"기자의 양심을 걸고 이런 일은 절대 일어날 수 없습니다."

로이의 강연이 끝나자 부센터장이 나섰다.

"우리의 평화와 안전을 위협하는 반정부 세력들에게는 어떤 자비도 없습니다. 모든 조직과 인력을 동원해 반정부 세력을 잡을 테니까 여러분은 우리를 믿고 안심하시기 바랍니다. 만약 말도 안 되는 주장이 인쇄된 종이를 붙이거나 배포하는 사람을 보고도 신고를 안 하거나 숨겨 준 사람에게는 교정 교육뿐만 아니라 웰컴의 시민권이 박탈됩니다. 우리 센터 분 중에 그런 어리석은 행동을 할 분은 없을 거라고 믿습니다."

나무처럼 앉아 있던 사람들이 그제야 술렁거렸다. 부센터장은 우리가 가장 두려워하는 협박을 했다.

두 시간 가까운 강연이 끝나고 질문을 받겠다고 했지만 질문을 하는 사람은 없었다. 언제나처럼 강당 한편에는 먹을거리가 있었다. 사람들은 예전보다 더 조심스럽게 말을 나눴다.

엄마와 나는 집까지 2km 남짓한 거리를 천천히 걸었다.

"엄마."

"응?"

엄마가 걸으면서 대답했다. 나는 주위를 살폈다. 뜨문뜨문 사람들이 눈에 띄었지만 우리를 눈여겨보는 사람들은 없었다.

"사람들이 외할아버지 말을 믿을까?"

스크린에 뜬 인쇄물을 보는 순간 내내 그게 걱정이 됐다. 외할아버지가 정신을 잃으면서도 밝히려고 했던 진실이 묻힐까 봐 걱정되고 답답했다.

"후훗."

엄마가 작게 웃었다.

"사람들은 알아. 뭐가 진실인지. 설령 모른다고 해도 진실을 언제까지 덮을 수는 없어."

"로이가 녹음기까지 들려주면서 얘기했잖아. 인쇄물에 왜 홀로그램 의혹이 있다고만 한 거야? 진짜인데."

"신아, 갑자기 주민회의를 한 것만으로도 사람들은 그게 진실일 가능성이 높다고 생각해. 문제는 진실을 알고 어떻게 하느냐이지. 지켜보고 있을 건지, 행동할 것인지."

집 앞에 파란색 소형차가 서 있었다. 차에 비스듬히 기대 서 있던 로이가 우릴 보고 자세를 바르게 했다.

최대한 비꼬고 싶었지만 그래 봤자 흠만 잡힐 것 같아 모른 척하고 지나쳤다. 나랑 다르게 엄마는 고개를 숙여 인사를 했다. 로이는 우리를 따라 집 안으로 들어왔다.

"잠깐 앉으세요."

엄마가 소파를 가리키자 로이가 손을 내저었다.

"아닙니다. 가야 해요. 제가 얘한테 신세를 져서 말입니다."

로이 얼굴은 까칠했고 눈에는 핏발이 서려 있었다.

“지금은 몰라도 시간이 지나면 그 정보를 유출한 사람이 네 외할아버지라는 것이 알려질 거야. 그러면…….”

로이는 강당에서처럼 매끄럽게 말을 하지 못했다. 17호는 절대 그런 일은 일어날 수 없다고 했지만 만약 로이가 USB를 가졌다면 로이는 원하는대로 룩스 시민이 되었을까.

“끝까지 모른다고 하세요, 끝까지요. USB 넘긴 사람, 믿을 만한 거죠? 안 그럴 거라고 생각하지만 다시 한번 확답 받으세요. 신변 보장해 달라고요. 꼭이요. 불행 중 다행으로 송 교수님은 치매에 걸리셨기 때문에 조사를 받거나 그러지는 않을 거예요.”

두서없이 말을 마친 로이는 양복에서 주섬주섬 봉투를 꺼내 내 손에 쥐여 주고는 돌아섰다. 나는 문을 열고 나가려는 로이를 막아섰다.

“뭐예요?”

“돈이야, 돈. 누구나 좋아하는 돈이지. 나도 좋아하고.”

“…….”

나는 아주 기분이 나쁘다는 듯이 로이를 째려보며 봉투를 로이한테 되돌려줬다.

“야, 나도 용기를 내고, 바르게 살아가는 사람들 보면 가슴이 뛰어. 그 인쇄물 보면서 네가 USB를 찾았구나 했다. 기특해서 뭐라도 해주고 싶은데……. 송 교수님, 많이 존경했다.”

"받을게요. 강연비 많이 받으세요."

묵묵히 지켜보던 엄마가 끼어들었다. 벌을 서는 것처럼 어쩔 줄 몰라 하던 로이 얼굴이 환해졌다.

"엄마, 로이 웃기지 않아? 강연도 재수없고. 우리를 위하는 것처럼 말하는 것도 재수없어. 돈은 또 뭐야? 돈 잘 번다고 자랑이라도 하고 싶은 거야, 뭐야? 엄마, 아무리 돈이 좋아도 그렇지, 그 돈을 왜 받아?"

로이가 가자마자 봉투에 든 돈이 얼마인지 헤아리는 엄마를 보니 어이가 없었다. 끝까지 돈을 헤아린 다음 엄마는 아껴 둔 초콜릿을 가져왔다.

"그 사람도 지금 정신이 없을 거야. 자신이 하는 일이 맞는지 어떤지도 모르고 우왕좌왕하고 있어. 하지만 외할아버지랑 우리를 걱정하는 것도 진심이고 외할아버지를 존경한다는 말도 오늘은, 진심이라고 느꼈어. 그 사람 마음이 내일은 변한다고 해도 안쓰럽고 불쌍하더라."

로이는 불쌍하다는 단어보다 비겁하다, 배신자라는 말이 더 어울리는데 엄마는 그런 말은 하지 않았다.

언제는 영감이라던 외할아버지를 존경했다고 로이가 말했을 때 온몸이 짜르르하긴 했다. 오늘은 외할아버지가 많이 보고 싶었다. 정신이 있든 없든 말이다.

04

주민회의에 오지 않은 17호는 집에 있었다. 엄마가 저녁밥을 가져다주라고 했을 때, 나는 17호가 집에 없을 거라고 생각했다. 아니었다.

"오늘 첫 끼니다. 엄마께 고맙다고 전해드려라."

산발에 수염이 온 얼굴을 덮었다. 따로 변장이 필요 없는 얼굴이었다.

"주민회의에 안 나오면 교정교……."

"내가 경찰인데?"

맞다. 우리 편인 경찰. 17호는 음식에만 시선을 둔 채 바쁘게 숟가락을 놀렸다. 하지만 주민회의에서 로이가 강연을 하고, 돈을 줬다는 얘기를 하자 숟가락질을 멈췄다.

"엄마가 그 돈을 받는 거예요. 아, 짱나서 정말. 봉투를 보란 듯이 얼굴에 던져줬어야 했는데……. 엄마는 로이가 불쌍하대요."

돈을 뿌리치는 장면은 영화나 드라마에서나 나오는 장면이고 현실은 그렇지 않았다. 17호가 편들어 주길 바라면서 내가 엄마 행동 때문에 얼마나 짜증나고 창피했는지 일렀다.

"봉투에 돈은 많더냐?"

17호 말에 맥이 풀렸다. 나는 팔짱을 끼고 입을 뾰로통하게 앞으로 내밀었다.

"녀석. 넌 로이인가 뭔가의 말도 안 되는 행동이 이해할 수 없겠지만 엄마나 나는 그럴 수 있다고 생각해. 자신의 이익 여부에 따라 서는 방향이 달라지는데 그걸 가지고 너 왜 그러냐고 할 수가 없는 거지. 그래서 사람이 양심을, 신념을 지키는 게 쉬운 일이 아니야. 지금 누구보다 괴로운 사람은 로이일 거니까 네 엄마도 불쌍하다고 한 거야. 돈이라도 많이 벌어야 할 텐데……."

로이를 걱정하는 것처럼 들렸다. 우리나라 말인데도 무슨 말인지, 누가 17호의 말을 통역해 줬으면 좋겠다. 삐딱이라면 실컷 욕하고 끝날 이야기가 어른들 사이에서는 이상하게 해석되고 흘러갔다.

"그런데 아저씨, 인쇄물이 도시 곳곳에 퍼졌는데 왜 신문이나 방송에는 안 나와요? 왜 그래요?"

"늘 그랬어. 언론은 권력자에 의해 진실을 조작하지. 그러기 위해 언론은 공포를 팔아왔고. 조만간 신문이나 방송에서 국가 위기 상황 어쩌고저쩌고 떠들 거야. 나라가 휘청거릴 정도로 겁을 주면서 말이야. 그러면 사람들은 서로를 믿지 못하고 조작된 진실을 믿게 돼. 정부가 원하는 대로 미션 클리어!"

17호가 말하는 대로라면 우리나라는 쓰레기통이다. 온갖 쓸모

없고 더러운 것들만 쌓여 있는 거대한 쓰레기통.

"그래도 나쁜 사람보다는 좋은 사람이 훨씬 많으니까 세상 무너진 얼굴은 하지 마. 내 말 믿고 웃어."

17호가 포크를 입가에 대고 좌우로 흔들면서 웃는 표정을 지어 보였다. 17호의 재촉에 마지못해 웃었더니 밥풀을 튀기며 17호가 웃었다.

식사를 마친 17호는 나와 소파에 나란히 앉아 미스터 빅마우스 쇼를 봤다. 빅은 언제나처럼 단정한 모습이었다.

"안녕하십니까, 안녕하십니까? 미스터 빅마우스의 빅입니다. 이제나 저제나 절 보기 위해 모이신 분들께 진심으로 감사드립니다. 오늘은 가족 이야기를 해보겠습니다. 가족끼리 사이가 좋은 분도 계시겠지만 안 좋은 분들도 많으실 거예요. 며칠 전에 제 딸이 아빠가 있어서 좋다는 얘기를 하더라고요. 세상에, 세상에나 말입니다. 제가 딸한테 그런 말을 듣다니요. 저랑 제 딸은 몇 년 전부터 사이가 안 좋아서 치고받고 싸우는 것 말고는 한 게 없었거든요."

빅이 손과 발을 이용해 싸우는 동작을 흉내 내자 방청석에 있던 사람들이 소리를 내며 웃었다. 나도 웃었다.

지나가 룩스로 떠난 지 1주일 정도 지났을 때 검은 자가용이 집 앞 도로에 서 있었다. 지나 집에서 만난 집사 아저씨가 차문을 열었다. 차 안에는 검정 안경을 쓴 남자가 있었는데, 빅이었다. 빅은 텔레비전에서 볼 때보다 훨씬 나이가 많고 지친 표정이었다.

"집사 양반이 지나가 맡긴 선물을 네게 전하러 간다기에 따라나섰다. 지나가 아빠가 있어서, 좋다는 말을 했다더구나. 어떤 아이가 나쁜 아빠라도 없는 것보다 있는 게 좋다는 말을 했다며, 그 말을 듣고 날 다시 생각하게 됐다고. 직접 들었으면 더 좋았을 텐데. 너한테 고맙다는 말을 하고 싶었다."

뭐라고 해야 할지 몰라 우물쭈물하자 빅이 다시 입을 열었다.

"지나의 신념과 내 신념이 다르지 않다고 생각했어. 나 역시 보다 나은 세상을 만들기 위해, 누구보다 열심히 살았다고 믿었으니까. 성장과 발전을 위해서라면 자유니 정의니 모두 그깟꺼였지. 세상은 원래 불공평하고 모두 똑같이 행복할 수는 없다고 생각했거든. 평등을 내세우는 사람들이 가소롭고 한심하게 보였고, 패자라고만 생각했지. 그런데…… 내가 틀렸다. 그걸 인정하는 게 죽기보다 싫어서 계속 타협하며 나를 속여 왔다."

힘겹게 말을 마친 빅은 두 눈을 감았다.

"지나는 용감하고, 아빠를 사랑해요. 진짜예요!"

차문을 닫기 전에 엉뚱한 말이 튀어나갔다. 좀 더 멋진 말을 하지 못했다고 자책하는데 빅의 눈이 시뻘겋게 변하고 얼굴 근육이 씰룩거렸다. 금방이라도 눈물을 쏟을 것 같던 빅이 얼른 문을 닫았던 것이 떠올랐다.

"저는 하루에도 수십 번씩 딸한테 사랑한다고 말했어요. 마음 속으로요. 오늘은 방송을 볼지 모르는 내 딸에게, 사랑한다는 말을 직접 하고 싶습니다. 아, 방송을 사적으로 이용해서 죄송합니다. 이 방송은 여러분의 세금으로 만드는 방송인데 말이죠. 여러분 앞부분은 잊으시고요, 지금 제가 이제껏 했던 어떤 말보다 아주 중요한 말을 합니다. 잘 들으세요. 우리 세상은, 하나의, 쇼입니다. 그 쇼를 만드는 사람 중엔 저도 포함되어 있습니다."

빅이 뭔가를 누르자, 커다란 스크린에 외할아버지가 만들었다는 홀로그램 영상이 나왔다.

"어, 어."

내가 놀라서 17호를 돌아봤지만 17호는 말없이 텔레비전만 노려보았다.

"많은 분들이 이 영상을 알고 계실 거예요. 13년 전 원자 폭발 사고 당시 영상으로 알려져 있는데요, 이 영상은 실제 상황을 촬영한 것이 아니라 홀로그램으로, 만들어진 것이라는 제보가 들어왔습니다."

텔레비전 안에서 난리가 났다. 방청객들이 웅성거렸고 갑자기 나타난 사마귀들이 빅을 끌어내렸다. '여러분, 안녕히!'라고 외치는 빅의 목소리를 마지막으로 화면에는 먹으면 젊어진다는 약

광고가 나왔다.

"우와!"

너무 놀라 제자리에서 벌떡 일어났다. 서늘한 날씨인데도 한여름처럼 더워서 손부채질을 했다. 마음이 쉽게 진정되지 않았다.

"이제 시작이군."

17호가 텔레비전을 껐다.

지나는 오늘 빅마우스를 봤을까. 봤다면 아빠를 자랑스러워할 텐데. 옆에 지나가 없다는 사실이 아쉬웠다.

"지나는, 어디에 있어요?"

"199빌딩 안에."

199빌딩이라면…… 세계에서 가장 높은 빌딩으로 텔레비전에 자주 나오던 그 건물. 지금도 짓고 있는 중이지만 말이다.

"거긴 왜요?"

"눈에 잘 띄니까. 사람들에게 제대로 알릴 수 있겠지?"

17호는 199빌딩 주변 1km여를 사마귀들이 에워싸고 있다고 했다.

"위험한 거 아니에요?"

"글쎄. 권력 유지를 위해서라면 사람들이 희생되어도 괜찮다고 생각하는 윗대가리들이 있기는 하지만 예전처럼 함부로 하지는 못할 거야. 지켜보는 눈이 많으니까. 만약 총을 쏘는 일이 생긴다고 해도 계속 총을 쏠 수도 없을 거고. 우리들이 믿어주고 지지하면 돼. 물론 쉽지 않은 일이지만."

"엄마도 믿었는데 안 왔다고 했어요. 그러면요?"

엄마의 기다림은 실패였다. 지나도 그럴까 봐 걱정이 됐다.

"그렇다고 가만히 있기만 하면? 사람 목숨이 돈 몇 푼보다 못한 세상이 되면? 이곳 아이들이 알지도 못하는 전쟁터에 팔려 가는데 내 일 아니라고 가만히 있으면? 그래, 내 일이 아니라 우리 모두의 일이야, 우리 모두의 일."

지나가 총을 들고 사마귀에 맞서 싸우는 모습을 떠올려 봤지만, 아무래도 떠오르지 않았다. 깔깔깔 박수를 치며 웃던 지나만 자꾸 떠올랐다.

빅이 전해준 지나의 선물은 그림이었다. 보라색 꽃을 들고 있는, 지나와 처음 만났던 그날의 나였다. 지나 말처럼 그림도 꽤 잘 그렸다. 그림 아래쪽에는 '처음에는 꼬맹이, 지금은 어른이 되어 가는 신에게'라는 작은 글씨와 '지나'라는 사인이 있었다. 첫사랑한테 받은 이별 선물치고는 꽤 근사했다.

05

"룩스에서 했으면 좋았을걸. 구경도 하고."

"이제껏 룩스에서 했으면 쭉 룩스에서 해야지. 왜 이번부터 도시별이냐고? 짱나."

왜 룩스에서 못 하는지를 아는 나는 가만히 있었다.

"야, 넌 안 아깝냐?"

머리를 닭벼슬처럼 세우고 한껏 멋을 낸 3반은 내 시원찮은 반응이 마땅치 않았나 보다.

"어쩔 수 없잖아. 룩스에서 못 하는 이유가 있겠지, 뭐."

"올, 너 뭐 아는 거라도 있는 거야? 룩스에 뭔 일이 있는데?"

뒤에 앉았던 5반이 고개를 앞으로 쑥 내밀며 물었다.

솔직히 말해 주고 싶었다. 지금 룩스 199빌딩에서 사람들이 시위를 하고 있다고. 그래서 군정 예비 학생 전체 모임을 룩스에서 못하고 개별적으로 각 도시에서 열 수밖에 없다고.

운전을 하던 17호가 헛기침을 했다.

"그야 모르지. 하지만 모든 일엔 이유가 있는 법이니까."

"이 새끼 웃기네. 공부만 하는 새낀 줄 알았더니."

활달하게 봤는데, 3반은 말이 거칠었다.

지난주 상담실에 갔을 때 다른 아이가 있었다. 한 번도 상담실에서 다른 아이를 만난 적이 없어서 어떻게 해야 하나 머뭇거리고 있을 때 또 다른 아이가 상담실로 들어왔다. 그 아이는 2학년 때 같은 반 12번이었다.

"너도?"

12번이 아는 체를 하는데 이안이 들어 왔다.

"인사해라. 함께 군사정보학교에 입학할 학생들이다."

이안의 말에 따라 우리는 어정쩡하게 반과 이름을 말하며 인사를 나눴다. 먼저 온 아이는 3반, 뒤에 온 아이는 5반이었다. 같은 반 아이들을 번호로 기억하는 것처럼 이름 대신 반을 기억했다.

"다음주에 군사정보학교 예비 학생 1차 모임이 있다."

"룩스에 가는 거예요? 우와!"

3반이 환호했고, 5반도 기쁜 듯 양손을 맞잡았다.

"1차 모임이요?"

군정에서 관심이 멀어진지 오래지만 관심을 보이는 척했다.

"원래 이맘때 예비 학생 1차 모임을 갖는다. 거기서 함께할 아이들이 어떤지도 보고 군사정보학교가 얼마나 위대한 일을 하는지 직접 느껴보길 바란다."

이안은 우리에게 봉투를 내밀었다. 봉투 안에는 '군사정보학교 예비 학생 모임'이라고 적힌 카드가 있었는데 시민 번호와 이름이 적혀 있었다. 그리고 안내문과 지폐도 있었다.

"너희는 최고의 기회를 가졌다. 우리 학교를 대표하는 만큼 당당하게 행동하고 최선을 다하길 바란다. 봉투에 든 돈은 차비와 활동비다. 정부는 이런 세세한 부분까지 신경 쓰며 투자하고 있다. 너희의 노력 여하로 정부의 투자가 결정된다. 그리고 가족들 입단속 잘 시키도록. 군사정보학교 학생이 됐다고 떠들고 다니다가 입학이 취소된 사례가 있다."

"헐."

3반이 익살스러운 표정을 짓자 이안이 매서운 눈초리로 쏘아봤다.

"지금과 같은 행동은 절대 금물이다. 너희는 놀이공원에 가는 게 아니라 우리나라를 수호할 군사정보학교 모임에 가는 거다. 품위에 손상이 갈 일은 절대 해서는 안 된다. 이상!"

이안이 상담실을 나갈 때까지 3반은 허리를 곧추세우고 진지한 표정으로 앉아 있었다.

엄마한테 모임 얘기를 꺼내자 엄마는 좋은 경험이 될 거라며 흔쾌히 다녀오라고 했다. 17호는 가는 순간부터 집에 돌아올 때까지 절대 긴장을 풀지 말라고 조언했다.

차비와 활동비로 받은 여러 장의 지폐를 자랑하자 엄마와 17호 모두 화를 냈다. 죽자고 일해서 낸 세금으로 인심을 쓴다면서 말이다. 어리석게도 나는 공돈이라고 좋아했다. 엄마가 새벽부터 일해서 번 월급에서 떼인 돈인데 말이다.

모임 장소는 W수목원 연수원이었다. 17호는 연수원이 아니라 수목원 입구에 차를 세웠다.

"여기서부터 연수원까지는 걸어서 가야 해. 내일 11시에 여기서 보자."

"예. 조심히 가세요."

아이들이 인사를 하자 17호는 차를 돌려 돌아갔다.

"너희 삼촌 뭐 하신다고?"

"경찰."

아이들의 부러워하는 눈길이 나를 훑었다. 내가 군정 예비 학생이 된 게 삼촌 덕이라고 생각하는 것 같았지만 모른 척했다.

"에이, 뭐 이래? '웰컴 투 군정'이라고 플래카드 하나 정도는 붙여 놔야지."

앞서 걷던 3반이 짜증스러운 목소리로 말했다. 50여 미터 앞에 5층짜리 회색 건물이 보였는데 3반 말처럼 어떤 표시도 없었다.

"우중충한 건물 꼴 보라지. 아우, 호텔도 아니고."

"좀 조용히 하는 게 어떨까?"

계속 짜증을 내는 3반의 말을 5반이 잘랐다.

"야, 너 여기서 대장 하고 싶냐?"

"건물 입구에서 이쪽 체크하는 사람 안 보여? 고개 돌리지 말고. 아직 군정에 들어간 건 아니니까 말도 줄이고 행동도 조심해서 해. 너한테 같이 묶여서 우리까지 손해 보는 일 없도록 말이야. 이안 말처럼 품위에 손상가지 않도록 하라고."

공부 잘하고 분위기 잘 맞추는 아이로만 생각했던 5반은 상황 판단도 빠르고 똑똑했다.

"삼촌이 집에 올 때까지 긴장 풀지 말라고 하더라. 조심하자."

나는 화가 머리끝까지 난 것이 분명한 3반을 달랬다. 출입문으로 다가가자 양옆으로 검정 양복을 입은 사람이 서 있었다. 우리가 카드를 꺼내자 검정 양복을 입은 사람이 안으로 안내했다. 겉보기에는 낡은 건물이었는데 안으로 들어가자 호텔 로비처럼 넓고 좋았다.

예비 학생들이 드문드문 보였다. 안내 데스크에 카드를 보이자 안내원이 확인하고 방 키를 줬다. 우리가 묵을 방은 508호다.

열두 시까지 방에서 쉬다가 지하에 있는 식당에서 식사를 한 뒤 1층 강당으로 갔다. 강당에는 웰컴시에서 선발된 군정 예비 학생 백 명이 있었다. 모두 설렘과 기대에 찬 표정이었다.

단상 앞으로 군복을 입은 사람이 나왔다. 윗옷 왼쪽에는 기장이 주렁주렁 매달려 있었고 베레모를 머리에 쓰고 있었다.

"우와, 간지 작살."

"에요, 짱짱맨."

아이들 몇 명이 수군거렸고 웃음소리도 났다.

"난, 군사정보학교 교육 담당이다. 여러분이 내일 돌아갈 때까지의 전 과정을 맡았다. 안내문에도 나와 있지만 오늘 주요 일정은 영화 관람과 강연이다. 즐거운 시간 보내도록, 이상!"

영화는 재미있었다. 놀기 좋아하고 공부에는 취미가 없는 내 또래 아이가 전쟁이 나자 가족과 뿔뿔이 흩어지고 소년병이 된다. 겁에 질려 도망치기만 급급하던 소년이 전쟁을 겪으며 용감하게 바뀌고 결국에는 영웅이 된다는 스토리다.

주인공이 전쟁터에서 친구의 죽음을 목격하고 울부짖거나 죽음을 앞둔 엄마가 자신의 병을 숨긴 채 아들에게 편지를 쓸 때는 여기저기서 훌쩍거리는 소리가 들렸다. 소년이 적에게 정신없이 총을 갈길 때 아이들은 '굿굿', '죽여, 죽여!' 하며 큰 소리로 응원했다.

영화가 끝나고 불이 켜져도 아이들은 자리를 금방 뜨지 않았다. 영화의 여운이 생각보다 강했던 모양이다. 나는 조용히 일어나 화장실로 갔다. 칸막이 칸으로 들어간 양변기 뚜껑을 올리고 구토를 했다. 속에 뭉친 뭔가가 치밀어 올라 거북했지만 정작 나오는 것은 없었다. 손가락을 넣어도 마찬가지였다. 영화를 보는 내내 영화가 가상이 아니라 현실처럼 느껴졌다. 물론 주인공이 영웅이 되는 영화였지만 피를 튀며 죽어가는 소년병들이 내 옆자리 아이처럼 느껴져서 견디기 힘들었다.

별 소득 없이 강당으로 돌아가자 5반이 꼿꼿하게 자리를 지키고 있었다. 3반은 잠깐 밖에 나간 모양이었다. 아이들은 삼삼오오 모여서 이야기를 나누고 있었다.

"영화라서 저렇게 영웅이 되는 거지. 현실에선 대부분 개죽음일 거야, 그렇지 않니? 난 전쟁터에서 지휘하는 장교가 아니라 병사들을 전쟁터에 나가 싸우게 뒤에서 조정하는 그런 장교가 될 거야."

5반이 고개를 앞으로 둔 채 말했다. 뭐라고 대꾸를 하고 싶었는데 뭐라고 해야 할지 몰라 가만히 있었다.

네 시부터 강연이 시작됐다. 군정 장교가 강사일 거라는 예상과 다르게 교육 방송에서 볼 수 있는 사회 강사가 나왔다. 군인이 아니라 텔레비전 속 유명 강사를 만나는 것만으로도 아이들은 환호성을 지르며 열띤 박수를 보냈다.

강연은 재미있었다. 강사는 유행어가 된 '그렇초오!', '아니라니까!', '왜에에?'하는 추임새를 강연 중간에 넣으면서 우리나라의 지형적 장단점을 얘기하면서 자연스럽게 역사 속 전쟁 이야기를 했다. 그리고 현대로 오면서 군정의 역할이 얼마나 중요해졌는지를 강조했다. 폭소와 웃음이 끊이지 않았다.

"우리나라 역사상 이렇게 자유롭고 평화로운 시기도 드물어요. 그런데 말입니다. 최근에 이 나라를 전복, 그러니까 이 사회를 무너뜨리려는 불순 세력들이 있어요. 그들은 유언비어로 사람들을 속여서 정부에 불만을 품게 하고 꾀어서 혁명을 일으키자고 해요. 왜에에에에? 정권을 잡아서 마음대로 하려는 거지요. 혁명은 일루젼, 환상에 지나지 않아요. 지금보다 더 많은 자유와 평화를 줄 거라고 생각하지만 천만에! 착각이에요, 착각! 절대 그렇게 안 된다에 내 열 손가락을 걸 수 있어요."

강사는 단상 위를 종횡무진 누비며 온몸이 땀에 젖도록 열정적인 강연을 펼쳤고 뜨거운 박수를 받았다. 강당을 나설 때 우리는 종이 한 장을 받았다. 아무것도 적히지 않은 종이 한 장이었지만 그 무게는 무거웠다.

'룩스나 제3지대와 관련한 유언비어가 적힌 인쇄물을 보거나 습득했다면 꼭 신고하기 바란다. 아직 정식 학생은 아니지만 이 나라를 책임질 미래 장교로서 부정한 일을 신고할 의무가 있다. 물론 신고한 학생에게는 사안에 따라 포상이 주어진다.'

교육 담당은 포상 내용을 구체적으로 말하지 않았다. 그래서인지 포상에 대한 추측은 평생 만지지도 못할 돈과 룩스 시민권으로까지 확대되었다. 그 포상을 받기 위해서는 신고를 해야 한다. 가족도 예외 대상은 아니다.

방으로 돌아온 나는 침대에 드러누워서 잤다. 빨리 집에 가고 싶다는 생각뿐이었다. 새벽에 깨어 화장실에 가려는데, 거실에 종이를 앞에 두고 고민하는 5반이 있었다. 벽시계를 보니 4시가 가까웠다.

"5반, 너, 그리고 싶냐?"

가슴 속에서 뜨거운 덩어리가 치밀어 올랐다. 새벽까지 한숨도 못 잔 5반의 눈은 벌겋게 충혈됐다.

"왜? 종이 부족하면 내 것까지 줄까? 그러고 싶냐? 다 고해바쳐라, 바쳐. 군정에 가서 뭐, 안 싸우고 명령만 하는 장교가 된다고? 그게 말이 돼? 네가 뭔데 넌 명령만 내리고 나머지는 목숨 걸고 죽자사자 싸워야 하냐고?"

영화를 볼 때부터 계속 뒤틀렸던 속이 엉뚱한 데서 터졌다.

"야, 이 새꺄! 뭔데, 시비야?"

5반이 벌떡 일어나서 내 멱살을 잡았다. 군정의 실체를 몰랐다면 나 역시 5반처럼 뭘 써야 할지로 고민했을지 모른다. 멱살을 뿌리치려고 하자 5반이 더 강하게 잡았고, 발로 차자 결국에 바닥에 쓰러졌다. 둘이 엉켜서 싸움이라기에도 뭣한 몸부림을 치고 있는데 3반이 끼어들었다.

나는 순순히 물러났다. 미운 사람은 따로 있는데 엉뚱한 사람한테 화풀이를 해서 미안했다. 5반은 영문도 모르고 당해서인지 씩씩거리며 분을 참지 못했다.

"참 내, 붙어도 내가 붙을 줄 알았는데. 재수없게 모범생처럼 굴더니, 둘 다 웬일이래?"

3반이 냉장고에 있던 생수를 나랑 5반한테 건넸다.

"찬물 먹고 속 차려, 이 사람들아아아아!"

"푸하하하!"

3반의 강사 흉내에 5반이 마시던 물을 내뱉으면서 낄낄거렸고 나도 어이가 없어서 웃었다.

06

"그래서 쓴 거야, 안 쓴 거야?"

"모르겠어요."

우리는 거실에 뻗은 채로 이런저런 얘기를 나누다가 잠이 들었다. 3반도 5반도 그 종이를 어떻게 했는지 모르겠다.

"쓴 애들도 있을 거야."

17호가 단정적으로 말했다.

"설마 가족을 쓴 사람은 없겠죠?"

"모르지. 룩스를 제외한 모든 도시에서 같은 시간, 같은 프로그램으로 군정 모임이 열렸어. 군정 교육 담당에는 심리전단 파트도 있고, 강사의 말 한마디도 그냥은 없어. 모두 계획된 거지."

엄마가 만든 음식은 늘 남김없이 먹던 17호가 오늘은 남겼다.

"심리전단이 뭐예요?"

"적에 대한 심리전 및 점령 지역에 대한 심리전을 펼치는 거야. 웃기지? 그걸 꼴랑 열여섯 살 애들에게 써먹는다는 게. 하하하, 하는 짓이라고는."

17호는 한참을 끅끅대며 웃었고 쿠키도 맞장구를 쳤다.

"아저씨는 가족이 없어요?"

내 물음에 17호보다 엄마가 당황했다. 예의가 없는 질문인 것은 알지만 17호한테 관심이 생기면서 알고 싶은 것들이 많아졌다. 17호 집에는 그 흔한 가족사진 한 장이 없었다.

"왜 없어? 여기 있잖아. 쿠키랑 너, 네 엄마. 지나도 있네."

'농담도 잘해서'라며 웃어넘기기에 17호 표정이 진지했다.

"맞아, 삼촌이었지."

내 말에 17호도, 엄마도 웃었다.

"이거 한 번 들어봐."

17호가 손바닥만한 작은 녹음기를 꺼냈다.

"해적 방송이야. 정부 허가를 받지 않은 방송이지. 그런데 들어봐. 익숙한 노래가 나오더라고."

17호가 작은 버튼을 누르자 몇 초간 지잉거리는 잡음이 났다.

"……다시 만날 거예요. 우리는 언제나 만나야 하는 사람들."

떨림이 묻어나는 여자 목소리였다. 엄마와 나는 작은 기계에 얼굴을 파묻다시피 했다.

"지금은 안녕, 안녕이지만, 그날에는 반갑게 안녕이라고 인사를 해요."

노래가 끝났다.

"어, 어."

엄마는 너무 놀라서인지 말을 제대로 잇지 못했다.

"그때 이 노래 많이 불렀잖아. 나도 놀라서 녹음 버튼을 눌렀어. 금방 방송이 끊겨서 다시 찾아봤는데 신호가 안 잡히더라고. 누가 이 노래를 부른 걸까? 암만 생각해도 모르겠어. 혹시 제3지대에서 우리에게 보낸 게 아닐까…… 혹시 정부에서 우리를 잡기 위해 덫을…….”

“아니, 에요. 그 노래 원래는 ‘사람들’에서 끝나는걸 왠지 슬퍼서…… 신이 아빠가 제3지대에 갈 때 제가 즉흥적으로 가사를 더 만들어서 불렀어요.”

엄마는 아빠가 떠나기 전의 얘기를 조금 털어놓았다. 17호도 나도 조용히 엄마 얘기를 들었다. 이야기를 마친 엄마는 나지막이 노래를 불렀다. 나는 엄마가 부르는 노래를 들으면서 제3지대로 떠나는 아빠를 떠올려 봤다.

“여러분의 존재는 나라를 통해서 발현된다. 나를 비롯한 모든 사람들은 정부를 믿고 따라야 한다. 이것은 밥을 먹는 것처럼 당연하고 자연스러운 일이다. 우리는 오늘을 살고 내일을 계획할 수 있다. 누구 덕분인가? 우리의…….”

교장의 말이 툭 끊겼다. 하늘에서 비가 내렸다. 운동장에 서 있던 선생들도, 700여 명의 아이들도 차려 자세에서 벗어나 떨어진 종이를 주웠다.

선생 몇 명이 종이가 떨어진 옥상을 보더니 교실 건물로 뛰어들어갔다. 아마 학교의 사마귀들은 종이 뿌린 사람을 찾으려고 건물 곳곳을 뒤지고 있을 것이다. 나는 종이 비가 내리자마자 본능적으로 옥상을 바라봤다. 도대체 누구일까?

매주 월요일, 운동장에서 조회를 한다. 조회에는 주번을 뺀 학생 대부분이 참석한다. 하지만 40여 명의 선생들은 참석할 때도 있고 안할 때도 있다. 앞줄의 선생들을 눈으로 훑는데 양호가 안 보였다.

"동작 그으만!"

마이크 소리가 다시 들렸다. 중앙 조회대 위에는 교장이 아닌 이안이 서 있었다.

"모두 그대로 내려놔. 손대지 마. 빨리, 이 새끼들아!"

이안이 악을 써댔다. 하지만 늦었다. 아이들 대부분이 종이를 읽은 뒤였다. 이안은 아이들에게 몇 차례 얼차려를 시키고 나서야 교실로 돌아갈 것을 명령했다.

나는 교실로 가는 대신 3층 끝에 있는 양호실로 갔다. 급한 마음에 노크도 하지 못했다. 양호는 자리에 있었다.

"왜?"

짧은 양호의 말이 어둑한 양호실에 울렸다.

"아니요."

교실로 가면 아마 몸과 가방 수색이 기다리고 있을 터였다.

"학교에 비가 내렸어요."

양호는 아무 것도 모르겠다는 얼굴이었다. 숲을 바라보는 양호실 창문으로는 그 비를 볼 수가 없을 터였다.

"인쇄물이 뿌려졌어요."

무표정하던 양호 얼굴이 생생하게 살아났다.

학교는 내 예상대로 움직였고 한 가지가 더 추가됐다. 보고서 작성! 아이들의 말과 행동을 고발하는 것이다. 아이들은 조용했지만 눈빛은 어느 때보다 날카롭게 빛났다.

평소보다 일찍 수업을 마치고 집에 오니 파라솔 아래 엄마가 있었다. 이 시간에 엄마가 집에 있는 것은 흔한 일이 아니다.

"엄마."

"으응."

엄마는 보고 있던 인쇄물을 내게 건넸다.

'높아지는 빌딩, 사라진 인권'이라는 제목 아래 199빌딩에서 시위하는 사람들의 이야기가 담겨 있었다. 세계 최고층 빌딩을 세우기 위해 얼마나 많은 사람들이, 룩스가 아닌 다른 도시 사람들이 죽어갔는지와 정부의 개발 정책에 반대하는 이유를 밝히고 있었다. 글 아래로 똑같은 티셔츠를 입은 사람들의 사진이 있었는데 그중에 지나가 있었다. 새끼손톱보다 더 작았지만 보는 순간 알 수 있었다.

"얼굴이 좋아 보여서 다행이야."

엄마도 지나를 알아본 모양이다.

"이렇게 작은데 얼굴이 좋은지 어떻게 알아?"

"사랑하면 보여. 네가 웃고 있어도 우는 걸 아는 것처럼."

나는 인쇄물을 손바닥으로 다리미질을 하듯이 문질러 폈다. 처음 가지게 된 지나의 사진이다.

"참, 엄마는 왜 일찍 왔어? 아파?"

"빨리도 묻는다."

엄마 호텔에서도 인쇄물이 나왔다고 했다. 인쇄물을 뿌린 사람을 찾으려고 몸수색을 하는 과정에서 사마귀가 욕설을 퍼부었고 이 일로 화가 난 사람들은 그대로 호텔을 나왔다고 했다.

"그러다 잘리는 거 아냐?"

"자르라지. 높은 곳에서 일하는데 지쳤어. 뭐든 한 가지를 얻으려면 한 가지, 아니 그 이상을 포기할 수밖에. 내가 살면서 깨달은 이치야. 싸우기로 했다면 이전처럼 살 수는 없어. 돌아갈 곳을 생각하면서 싸웠기 때문에, 지금의 정부가 있는 거니까. 지금은 아니야. 우리를 위해서, 나를 거는 싸움인 셈이지. 굿 파이트라고 해야 하나."

내게 하는 말이 아니라 엄마 자신에게 하는 말 같았다.

"엄마, 우리도 가자."

"으응? 어디로?"

"엄마가 생각하는 그곳."

내 말에 엄마는 어느 때보다 활짝 웃으며 팔을 펼쳤다.

"들어와."

"아니."

문을 열고 삐죽 고개를 내민 삐딱이가 밖으로 나왔다.

"준비, 출발!"

내가 소리를 지르며 공터 쪽으로 달리자 삐딱이도 달렸다. 우리는 공터와 맞닿은 언덕으로 또 언덕과 이어진 숲으로 달렸다.

나도 삐딱이도 그동안 참 많이 달렸다. 학교에 지각하지 않으려고, 알바를 가려고, 집에 가려고, 또 힘들거나 슬플 때도.

"야, 야!"

뒤에서 삐딱이가 불러세웠지만 돌아보지 않고 숨이 차오를 때까지 계속 달렸다.

헉, 헉. 거친 숨소리가 심장을 뚫고 나와 사방에 울려퍼졌다. 삐딱이가 내 앞을 스치고 지나갔다. 삐딱이 숨소리도 나 못지않게 크게 울렸다.

"그, 그마안."

더는 앞으로 나아가지 못하고 제자리에 뻗었다. 한참 뒤 숨을 고른 나는 일어나 앉았다. 삐딱이는 노을을 보고 있었다. 노을 빛으로 삐딱이가 물들어 있었다.

"나 말이지⋯⋯저렇게 해지는 걸 보면 여기가 두근거린다."

삐딱이가 한 손을 가슴에 얹었다.

"살아 있는 것 같아서."

"너 살아 있어!"

내가 끼어들자 삐딱이가 씩 웃었다.

"그래. 그런데 학교 가고 알바하고 그럴 때는 살아 있는 게 아니라 기계 같아. 그렇게 지내다가 저런 노을 보면 가슴이 벅차고 뭔가 할 수 있다는 자신감도 생기고. 물론 내일 아침이면 말짱 꽝이겠지만. 에이 씨!"

"왜 말짱 꽝이냐? 이 기분 계속 가지면 되지?"

"그래, 맞다 맞아."

삐딱이가 웃으며 내 어깨를 툭 쳤다.

"나 지난주에 군정 예비 학생 모임에 다녀왔어."

"그래?"

깜짝 놀란 삐딱이가 배신자라고 말하면 '미안해', '어쩔 수 없었어' 하며 싹싹 빌려고 했는데 반응이 너무 담담해서 머쓱했다.

"너 말고도 서너 명 있는 것 같던데."

이안이 내게 관심을 보이는 것이 이상해서 자기 나름대로 아이들한테 이것저것 물어봤다고 했다.

"비밀이 있냐?"

맞다, 세상에 비밀은 있을 수 없다.

"우리 형편에 군정에 입학하면 좋은 건데, 난 네가 거기 가는 거 싫어. 너랑 군인이랑은 안 어울리는 것 같고. 그렇다고 내가 거기 가지 말라고 할 수도 없고."

삐딱이는 나보다 더 나를 잘 알았다. 군정에 안 갈 거라고 하자 삐딱이가 비명을 지르며 나를 껴안았다. 온몸으로 밀쳐 냈지만 삐딱이는 한참 만에야 놓아주었다.

"근데 왜?"

"나랑 군인이랑 안 맞는 것 같다며. 그렇게 좋아하더니 반응이 영 삐딱해, 삐딱이. 나 다시 삐뚤어질래."

"오우 노, 노!"

삐딱이가 장난스레 양팔을 흔들었다.

열여섯 살 여름과 가을에 생긴 이야기를 삐딱이한테 모두 말하기에는 너무 길었지만 뜨문뜨문 이야기를 이어 나갔다.

"짜식, 이상하게 많이 큰 것 같더라니."

삐딱이 말처럼 많이 자란 것 같다. 나는 호주머니에 있던 봉투를 꺼내 삐딱이한테 내밀었다. 뭔지 몰라서 머뭇거리던 삐딱이는 봉투를 열고 놀란 표정을 지었다.

"뭐야, 이거?"

"네가 좋아하는 돈다발!"

"너너너, 혹시 그 여자랑 사귀었어? 이 돈 받고 떨어지래? 뭐야, 기분 나빠서 돈 돌려주려고? 난 그런 심부름 안 한다. 솔직히 네가 돈 달라고 한 것도 아닌데 뭐하러 돌려주냐? 그런 멋있는 행동은, 돈 많은 사람들이나 하는 거야. 미성년자만 아니면 빨강 스포츠카도 받을 수 있었는데, 아깝다."

삐딱이 혼자서 드라마를 찍었다.

"하하하!"

내가 정신없이 웃자 내 눈치를 살피던 삐딱이도 말을 멈췄다.

"이 돈, 집 얻는 데 보태라고. 갑자기 여기저기서 정신없이 돈이 들어오더라고. 내가 알바한 것도 보탰어."

"어, 아니, 아니!"

삐딱이가 손사래를 치며 봉투를 내게 다시 내밀었다.

"언제는 누가 돈다발 좀 던져주면 좋겠다더니. 엄마도 허락했어. 어렸을 때 너희 집, 정말 궁전 같았어. 너희 집에 가면 고프던 배도 안 고팠지. 가족이 함께 있어서, 그랬던 것 같아. 엄마가 가족은 아무리 힘든 일이 있어도 함께 있어야 한대. 진이랑 아줌마랑 함께, 잘 지내고 있어."

삐딱이는 얼른 고인 눈물을 훔쳐냈고 나는 모른 척했다.

07

"엄마, 엄마!"

기다리다 못해 방문을 열었다. 바닥에 앉아 있던 엄마가 손짓을 했다. 엄마가 보고 있는 것은 사진이었다. 내가 알지 못하던 시절의 엄마와 아빠, 어린 나였다. 어려서 몇 번 봤지만 언제부터인가 잊고 있었던 사진들을 보니 새로웠다.

"배낭에 넣자."

내가 사진을 집어 들자 엄마가 내 손을 잡았다.

"아니, 그냥 두자."

엄마는 가족사진 한 장만을 꺼낸 뒤 봉투에 담아 원래 있던 서랍장에 넣었다. 엄마한테 '우리 돌아올 수 있을까?'라고 물어볼 필요는 없었다. 배낭을 멘 엄마는 현관문을 잠근 뒤 잘 잠겼는지 다시 한번 확인하고 돌아섰다.

컹컹.

쿠키가 큰 소리로 짖었다. 어제 17호는 쿠키를 우리한테 맡기고 룩스로, 지나가 있는 199빌딩으로 떠났다. 자신이 취재한 내용을 사람들에게 알린 뒤 제3지대로 오겠다고 했다.

17호가 떠날 때 쿠키는 하울링을 했다. 온 동네를 흔들 듯 큰 소리로 하울링을 하는 쿠키는 처음이었다. 더는 오른쪽 다리를 절지 않고 꼿꼿이 걸어가던 17호가 뒤돌아서서 오자 쿠키가 날뛰었다. 17호는 쿠키를 안고 목과 등을 어루만졌다.

'다시 올 거야. 그러니까 잘 지내고 있어.'

17호가 다시 등을 보였을 때 쿠키는 하울링을 하지 않고 꼬리를 살랑살랑 흔들었다. 주인이 절대 거짓말을 하지 않는다고 믿는 신뢰를 쿠키한테서 봤다.

나도 17호를 믿는다. 그리고 우리 가족 모두 건강하게 다시 만날 것도 믿는다. 3개월 전만 해도 우리 가족은 나와 엄마뿐이었다. 그런데 그새 외할아버지, 17호, 지나까지 셋이나 더 늘었다.

"엄마, 가자!"

나는 자전거를 끌며 엄마를 재촉했다.

빅마우스가 빅엿을 먹인 다음날부터 거리는 이전과 달랐다. 표정을 숨기기에 급급하던 사람들이 다양한 표정을 지었고, 모르는 사람들과도 눈인사를 나눴다.

엄마와 나는 제3지대에 간다. 제3지대에 어떤 일이 기다리고 있는지, 아니 그곳까지 갈 수 있을지 엄마도, 나도 모르지만 우리는 그곳에 가기로 했다.

'무섭지 않아?'

삐딱이가 물었다. 당연히 무섭다. 그렇지만 무섭다고 해서 평생을 아무것도 모르고 후회하며 사는 것보다는 무엇이 진실인지,

어떤 일이 있었는지 확인하는 게 낫다.

자전거에 매단 깃발이 바람에 흔들렸다.

'사람은 어쩔 수 없어. 앞으로 나아가는 게 운명이거든.'

아빠가 엄마한테 한 말처럼 나도 지나도, 17호도, 양호 선생님도, 얼굴도 모르는 많은 사람들이 앞으로 나아가고 있다. 바보같은 싸움으로 남을지 몰라도 우리한테는 굿 파이트다.

이기는 싸움이 아니라
필요한 싸움

굿 파이트 (Good Fight)

살다 보면 싸우고 싶지 않아도 싸워야 하는 순간이 있습니다.

무엇보다 인간의 존엄과 권리, 자유와 평화가 위협받는다면
당연히, 열심히 싸워야 합니다.
굿 파이트는 이처럼 싸워야 할 때 피하거나 외면하지 않는,
정당하고 필요한 싸움입니다.
승리가 요원해 보이는 싸움에 기꺼이 뛰어든 선인들이 있었기에,
조금은 나아진 세상이 있음을 기억합니다.

한여름 녹음이 우거진 토지문화관에서
『굿 파이트』를 퇴고했습니다.
토지문화재단 관계자 여러분과
『굿 파이트』를 응원해 준 모든 분께 감사의 말씀 드립니다.

여러분이 지금 또는 미래에 하는 싸움이
'굿 파이트'이길 진심으로 바랍니다.

2017년 서화교

굿 파이트

초판 1쇄 2017년 5월 3일

글쓴이   서화교
펴낸이   김두레

펴낸 곳   상상의힘
등록   제 2010-000312호(2010년 10월 19일)
편집   이현정
인쇄   천일문화사
주소   150-866 서울시 영등포구 선유로 49길 23 IS비즈타워 2차 1503호
전화   070-4129-4505 팩스 02-2051-1618
홈페이지   www.sseh.net
전자우편   iobob@hanmail.net

ⓒ 서화교, 2017
ISBN 978-89-97381-52-4 43810

이 도서의 국립중앙도서관 출판예정도서목록(CIP)은 서지정보유통지원시스템 홈페이지(http://seoji.nl.go.kr)와 국가자료공동목록시스템(http://www.nl.go.kr/kolisnet)에서 이용하실 수 있습니다. (CIP제어번호 : CIP2017010101)

잘못된 책은 사신 곳에서 바꾸어 드립니다.

값 11,000원